에코 스피어

에코스피어
임어진 지음
씨드북

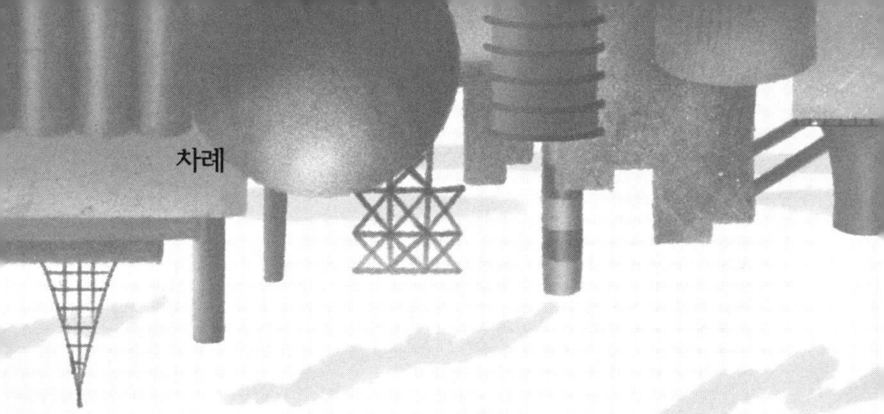

차례

오존 홀

예보도 없이 도시 전역에 사이렌이 울렸다. 일주일 만에 다시 발생한 오존 홀 특별 주의보였다. 어서 대피소로 몸을 숨겨야 했다. 유니가 타고 있던 정찰용 스쿠터 내비게이션에 가장 가까운 대피소 위치가 떴다. 스쿠터는 유니의 지시를 기다리지 않고 바로 대피소 방향으로 달리기 시작했다. 사람보다 빨리 판단하고 사람을 보호하도록 설정된 자율 주행 기능이 작동된 것이다. 길고양이 한 마리가 도로변 철제 담장 아래 앉아 졸음 겨운 눈을 가물거리며 햇볕을 쬐다 경보음에 놀라 허둥댔다.

"잠깐만!"

유니는 스쿠터 자율 주행 기능을 잠깐 해제한 뒤 스쿠터를 멈춰 세우고 재빨리 뛰어가 고양이를 붙들어 안았다. 고양이는 얼떨결에 붙들린 채로 울음소리를 내며 유니 팔 안에서 버둥거렸다.

"너 여기 그대로 있으면 큰일 나. 그러니까 조금만 참아."

유니는 메고 있던 배낭을 열어 고양이를 안에 넣고 스쿠터를 다시 몰아 지하 대피소 쪽으로 달려갔다. 그런데 끔찍한 위험이 닥쳐오는 것도 모르고 태평하게 봄볕을 쬐고 있는 게 고양이만이 아니었다. 유니보다 몇 살 아래로 보이는 남자애 하나가 괴상하게 생긴 낡은 솔라 카에 몸을 기댄 채 대피소로 황급히 달려가는 사람들을 어리둥절한 눈으로 보고 있었다. 상황 파악이 안 되는 것 같았다.

"야! 얼른 안 움직이고 뭐 해? 그만 살고 싶어?"

남자애는 신기하다는 듯 유니를 보더니 엉뚱한 소리를 했다.

"저 이상한 소리 뭐야?"

경보음이 뭔지도 모르는 모양이었다. 아무래도 인지 능력에 문제가 있는 것 같았다. 유니는 작전을 바꿨다.

"일단 따라와 봐. 재미있는 거 보여 줄게. 누가 빨리 목적지에 도착하나 내기할까?"

바꾼 작전이 효과가 있었다. 남자애는 씩 웃더니 두 말 않고 제 솔라 카 안으로 들어가 바로 출발 시동을 걸었다. 처음엔 유니 스쿠터를 앞질러 달려 나갔지만 목적지가 어디인지 모르니 어쩔 수 없이 속도를 늦춰 유니와 보조를 맞췄다.

유니 앞뒤로도 서둘러 대피소를 찾는 차들과 스쿠터들이 보였다. 산책 나왔던 사람들과 길에서 자전거나 보드를 타던 아이들도 서둘러 대피소 쪽으로 달려가고 있었다.

오존 홀 주의보로 인한 대피는 이제 평범한 일상이었다. 심한 계절에는 일주일에 서너 번도 경보음이 울렸다. 도시 각 구역 어디나 널찍한 지하 대피소가 만들어져 있어 딱히 예외적인 경우가 아니면 치명적인 사고는 방지할 수 있었다. 농경지와 과수원도 자외선 보호 차단막 장치를 작동시켜 큰 피해는 그런대로 막을 수 있었다. 물론 과거에 이미 큰 피해를 겪고 많은 사람의 생명을 잃은 뒤에야 마련한 보호 장치였다. 유니도 3년 전 발생한 오존 홀 사고로 부모님을 잃었다. 그 때문에 경보음에 덤덤할 수 없었다. 강도 높은 훈련으로 여러

번 이겨 냈다고는 해도 별안간 경보음이 울리면 여전히 숨이 막히고 미칠 듯이 심장이 뛰었다. 힘든 기억은 그만 잊어 주면 좋을 텐데, 몸은 번번이 생각보다 먼저 고통에 반응했다.

"젠장, 아무리 들어도 익숙해지지 않네."

유니는 부러 거칠게 스쿠터를 몰며 숨통을 조여 오는 경보음 소리를 떨쳐 내려 했다.

끼이이이익!

유니가 속도를 줄이지 않자 스쿠터가 스스로 자동 제어에 들어가 지하 대피로로 조심스럽게 진입했다. 스쿠터는 대피소로 곧장 연결되는 지하 엘리베이터 앞에 멈춰 섰다. 유니를 따라오던 남자애의 솔라 카도 뒤에서 멈춰 섰다.

"누구야?"

사무실 문을 열고 들어선 유니에게 눈인사를 건네다 뒤따라 들어선 남자애를 보고 선준이 입술만 움직여 물었다. 선준은 지구연방협의체 환경 감시 기구인 '에코 플래닛'의 한국 지부 학생 인턴이었다. 유니와 동갑인

열여덟 살로 지부 사무실 업무를 주로 거들고 있었다.

"몰라. 이런 날 대로변에서 여유를 부리고 있더라고. 오존 홀 주의보가 뭔지도 모르고."

"설마."

"진짜야. 네가 물어봐. 말해 줘도 상황을 전혀 이해 못 해. 그대로 두면 안 될 것 같아서 일단 대피소로 데리고 갔는데, 딱히 갈 데도 없는지 저렇게 따라왔어."

"그렇다고 여기로 데려오면 어떡해? 대책 없이."

"그럼 어떡해. 좀 모자란 애 같은데 매정하게 떼어 낼 수도 없잖아. 리안 이모랑 얘기해 보면 수가 생기겠지 뭐."

선준이 고개를 절레절레 흔들었다. 유니의 이런 오지랖을 처음 겪는 건 아니었다.

"하여간 알아줘야 한다니까. 난 모르겠다."

유니는 어깨를 으쓱해 보이고는 남자애에게 눈짓으로 소파를 가리켰다. 남자애는 어련히 알아듣는다는 듯 서슴지 않고 소파로 다가가 털썩 몸을 던졌다. 유니는 사무실을 빙 둘러보다 선준의 책상 위에 눈길이 꽂혔다. 못 보던 유리 공 하나가 놓여 있었다.

"저건 뭐야?"

굳어 있던 선준이 얼굴을 풀며 슬쩍 웃음을 지었다.

"에코스피어."

유니가 보기엔 틈이 보이지 않는 둥근 공 모양 어항 같았다. 안쪽 바닥에는 자갈과 모래가 깔려 있고, 절반 넘게 채워진 물속에는 작은 생물체 몇 마리가 녹색 바닷말 사이를 헤엄쳐 다니고 있었다.

"어항처럼 보이는데?"

선준이 고개를 저었다.

"이게 바로 에코스피어, 다른 말로 '바이오스피어'라고 하는 것의 개념 모형이라니까."

소파에 드러눕다시피 하고 있던 남자애도 흥미가 이는지 일어나서는 다가와 에코스피어 안을 살폈다. 그러다 갑자기 손으로 들고 흔들어 보려는 걸 선준이 급히 말렸다.

"아아, 안 돼. 그러면 안 돼. 가만히 보기만 해 줘."

남자애가 순순히 물러서며 물었다.

"에코스피어……. 근데 물이랑 먹이는 어디로 줘? 아무 데도 구멍이 안 보이는데?"

선준이 회심의 미소를 지었다.

"밖에서 물이나 먹이를 주지 않고도 계속 생물이 살아갈 수 있게 생태 환경을 만든 게 에코스피어야. 외부와는 완벽하게 독립되어 폐쇄적으로 생태계를 이루고 있다고 할 수 있지. 지구도 말하자면 바깥 우주와는 독립된 하나의 거대한 에코스피어라고 할 수 있어. 이 유리구는 지구의 아주 작은 축소판인 셈이고."

유니가 피식 웃었다.

"캠페인 홍보 요원 같아."

전 지구에 에코스피어화 정책이 추진되는 중이었다. 지구에 더 이상 사람이 살 수 없을지도 모른다는 위기의식이 팽배해졌기 때문이다. 그 와중에 그리 멀지 않은 우주에서 또 하나의 에코스피어일지 모르는 지구형 외계 행성이 발견되었다는 소식이 들렸다. 전 세계가 떠들썩했다. 연이은 대도시 오존 홀 발생으로 흥분이 조금 가라앉기는 했지만, 그래도 각종 에코스피어 관련 기념품은 계속해서 불티나게 팔리고 있었다.

"기념하는 거지. 인류가 우주를 헤매며 그렇게 찾고 있던 쌍둥이 지구를 이제야 만난 건지도 모르는데."

"정말 쌍둥이일지 알 게 뭐야. 또 한 번의 요란한 팡

파르에 그칠 수도 있어."

선준은 유니 말이 틀리지 않다고 생각하면서도 에코스피어에 만족스러운 눈길을 보냈다.

"그래도 이번에는 뭔가 진전이 있을 것 같아. 여러 면에서 우리 지구와 비슷해 보인다잖아."

유니는 굳이 반박하지 않았다. '생명체 존재 가능한 슈퍼 지구 발견', '99.99퍼센트 똑같은 제2의 지구 발견' …… . 그간 이런 식으로 소개됐던 지구형 외계 행성 소식들은 기대만큼 만족스러운 결과로 이어지지 못했다. 한결같이 놀랍고 반가운 소식이었지만, 그저 대중의 이목을 끌기 위해 동원한 수사로 그쳤을 뿐이다. 그러나 매번 그렇듯 또 한번 희망을 품어 보는 것이었다. 이 어마어마하게 넓은 우주에 지구와 비슷한 행성이 없다는 게 더 이상한 일이기에. 유니도 그 점에는 충분히 동의하고 있었다.

"쟤들 확실히 숨 쉴 수는 있고?"

유니가 밀폐된 유리 어항 안의 생물체들을 가리키며 묻자 선준은 고개를 끄덕였다.

"물론이라니까. 그러니까 에코스피어지. 너도 하나 구해 줘?"

"됐습니다요. 리안 이모는?"

유니의 물음에 선준은 안쪽 회의실을 돌아보았다.

"신고가 접수되어서 지금 보고받고 계실 거야. 곧 나오시겠지. 휴우, 오존 홀만 아니었어도 에코스피어 상봉 얘기가 지금 한창일 텐데……."

아쉽다는 듯 중얼거리는 선준을 보던 유니는 리안이 회의 중인 안쪽 방을 흘깃 보고는 소파로 가 남자애 맞은편에 털썩 걸터앉았다. 선준의 말대로 오존 홀이 또 문제를 일으키지만 않았으면 지금 전 세계는 가까운 우주에서 돌연 발견된 지구형 행성 소식으로 계속 흥분해 있었을 것이다. 하지만 공교롭게도 그 소식이 보도된 지 며칠 지나지 않아 미국 대도시 상공에 커다란 오존 홀이 발생했다. 건조한 날씨가 계속되다 일어난 인근 지역의 대형 산불 영향이 컸다.

사람들은 당장 닥친 재난에 허둥거리며 사태를 수습하기에 급급했다. 피해 규모가 어느 정도인지조차 아직 제대로 가늠이 안 되는 상황이었다. 우주의 일을 생각할 경황이 없었다. 오존 홀 영향권의 바깥 지역 사람들도 같은 일이 언제 자신의 머리 위에서 일어날지 알 수 없어 두려움에 떨었고, 먼저 겪었던 지역의 사람들은 그 때의 고통이 되살아나 힘겨워했다. 유니도 선준도 3년 전 한반도 상공이 뚫렸을 때 부모님을 잃었다. 치명적인 양의 방사선 노출로 인한 암 때문이었다.

오존층은 요즘 들어 다시 심심치 않게 구멍이 났다. 고작 3밀리미터 두께밖에 안 되는 얇은 오존층 하나가 지구 생태계를 몽땅 보호하고 있는데, 오존층 파괴 물질들과 여러 대기 현상으로 자꾸 뚫려 버리는 거였다. 처음에는 남극과 북극 정도였다. 오존층 파괴의 주범으로 꼽히던 프레온 가스 사용을 전 세계가 금지하면서 이 문제는 한동안 해결된 듯했다. 하지만 지구 온난화로 기후 변화가 극심해지면서 홍수와 가뭄, 폭염과 혹한은 물론 걷잡을 수 없는 대형 산불이 이곳저곳에서 발생했다. 몇 달씩 지속된 산불은 그 일대 생태계를 다 파괴하고 대기 성층권으로 연기를 올려 보내 오존층에 구멍을 냈다. 3년 전 한반도 상공에 뚫렸던 오존 홀 역시 국토 면적의 거의 4분의 1을 태워 버렸던 대형 산불이 원인이었다.

어디가 어떻게 뚫릴지는 알 수 없었지만, 지구 곳곳에서 언제든 일어날 수 있는 문제였다. 세계 각국은 대기 상태를 측정해 오존 홀 예보를 하는 데에 힘을 쏟았다. 빈번한 오존 홀 특별 주의보 발령은 그저 평범한 일상에 속했다.

"오존 홀, 오존 홀 그러는데, 그게 도대체 뭐야?"

소파에 기대어 앉아 있던 남자애가 무심한 목소리로 물었다. 유니가 어이없는 표정으로 남자애를 보았다.

"아까 누누이 말해 줬잖아. 못 들었어?"

남자애는 딴청을 했다.

"하늘에 문제가 생겼다며? 무슨 구멍이 날 수도 있다고 그랬는데, 나는 봐도 모르겠더라고. 그냥 파랗고 햇빛만 좋고……."

"햇빛 같은 소리 하네! 그거 쬐면 바로 죽는데?"

유니 목소리 톤이 올라가자 선준이 얼른 끼어들었다.

"오존층이 여기저기 뚫리는 거야. 거기로 들어오는 태양 자외선을 그대로 쬐면 동물이고 식물이고 탈이 나고 병들고 죽어. 사람도 물론이고……."

선준이 아픈 기억을 다독이며 차근차근 설명하고서

야 비로소 남자애는 약간은 이해가 된다는 듯 고개를 끄덕끄덕했다.

"넌 어디 다른 별에서 왔냐? 오존 홀이 뭔지도 모르고……."

"시타 별."

유니 말에 남자애가 불쑥 대답했다. 유니와 선준은 어리벙벙한 채 서로 눈을 마주쳤다. 유니가 곧 한숨을 내쉬었다.

"못 살아. 그래, 그래. 시타 별. 그렇다고 치자."

그때 회의실 문이 열리며 리안이 대원들과 함께 밖으로 나왔다.

에코 플래닛 한국 지부

리안은 유니가 자리에서 일어나자 한 손을 들어 보였다.

"왔니? 안 그래도 가이아 쪽에 연락해 놓은 참이야."

리안은 에코 플래닛의 한국 지부 리더였다. 시민 지원 조직인 '아마조네스 행동대 가이아의 딸들'을 이끌고 있기도 했다. 유니도 엄마가 가장 아끼고 믿던 후배 리안을 따라 가이아의 딸들에서 행동대원으로 활동하고 있었다.

"신고가 들어온 곳이 어디예요?"

선준이 기다렸다는 듯이 리안에게 묻자 리안 옆에 있던 대원 하나가 대신 말해 주었다.

"탄주시."

"헉! 거기는 폐광 지역이잖아요."

"맞아, 감시망을 피하기 쉬운 곳이지. 그런 데서 자주 문제가 일어나고."

탄주시는 반도 북단에 있는 폐광 도시였다. 리안이 잠자코 있다가 말을 거들었다.

"지난번 추적 조사 때 요령 있게 빠져나간 자들 같아."

"번번이 이런 일이 계속되네요. 아무리 말끔히 색출해도 조금 있으면 또 나타나고……."

"음습한 일이 원래 그렇지. 인간 자체가 바이러스인지도 몰라. 범죄를 완전히 박멸하기는 힘들 거야."

리안이 선준과 주고받는 얘기를 들으면서도 유니는 잘 수긍이 가지 않았다. 가이아의 딸들 행동대원으로 2년째 일하면서도 이런 짓을 벌이는 사람들을 여전히 이해할 수 없었다.

지구 곳곳에서 오존 홀 현상이 일어나는 중이었다. 뿐만 아니라 매년 폭우와 폭설, 가뭄으로 인한 산불이 되풀이되었고 심각한 살인 바이러스까지 전 세계를 휩쓴 뒤였다. 팬데믹이 일곱 차례나 휩쓸고 지나가자 세계 인구는 3분의 1로 줄어 있었다. 인간끼리 전쟁하며 한 세기를 다 보낸 인류는 이제 다음 세기를 온통 자연과 전쟁하며 보내는 중이었다. 다른 게 있다면 이건 맞붙어 싸우는 전쟁이랄 수도 없이 일방적으로 얻어터지는 형국이라는 점이다. 인간이 지금껏 자연에게 했던 게 있으니 뭐라 불평할 것도 없었다. 당연한 역공이었다.

그럼에도 살아남을 방도는 찾아야 했다. 인류와 문명이 존속 가능한 길이 필요했다. 전 지구가 절체절명의 위기를 느끼고 삶의 방식을 완전히 바꾸기로 결단한 건 너무나 당연하고도 어쩌면 늦은 일이었을지도 모른다.

세계 연합은 국가 간 이해 충돌을 막고 인류 공동의 이익을 도모하기 위해 연방제 성격의 단일 협의 체계를 갖추어 논의에 들어갔다. 그리고 지구 전체를 에코스피어로 되돌리기로 결정했다. 그러려면 지구의 파괴를 최대한 막고 생물권과 생태권을 복원·보존해야 했다. 100년에 걸친 장대한 프로젝트였고, 지금도 수십 년째 지난한 개조 작업이 계속되는 중이었다.

지구연방협의체에서는 인류의 생존과 미래를 보장할 장단기 정책을 잇달아 내놓았다. 그 정책 가운데는 온난화를 가속시킨 화석 연료 사용과 공장식 대량 축산을 금지하는 조항도 포함되어 있었다.

지난 인류 역사에서 육류 수요는 나날이 늘어났고, 대규모 축산도 발맞춰 그 규모를 넓혔다. 그렇게 지구의 숲은 소를 먹일 곡물 생산지로 바뀌며 대부분 사라졌다. 엄청난 양의 메탄이 방출된 데다 이산화탄소를 걸러 줄 허파가 사라지자 심각한 물 부족에 홍수와 가뭄이 반복되었고 인류는 결국 결단을 내릴 수밖에 없었던 거다. 육식을 금지하기로…….

그때부터 공장식 대량 축산이 전면 중단되었고, 불법 도축과 밀거래는 엄격한 처벌 대상이 되었다. 육류 시장은 더 뛰어난 대체육 개발로 전면 변화했다.

하지만 육식 문화에 젖어 변화에 적응하지 못하고 새 규칙을 거부하며 문제를 일으키는 사람도 적지 않았다. 파멸에 직면해서야 육식을 포기하고 가까스로 변화에 적응 중인 이 상황에서도, 일부에서는 불법 행위가 암암리에 계속되었다. 이번에 접수된 신고도 동물 불법 사육장이나 도축 밀매 사건일 게 분명했다.

"맛이라는 게 그렇게 집요한 기억인가."

선준이 혼잣말처럼 덧붙이자 유니가 픽 웃었다.

"그 기억은 대체 언제 적 걸까? 설마 돌망치를 던져서 먹이 사냥을 하던 구석기 인류 때부터 답습된 거?"

"아마도. 직접 사냥해 먹었던 고기 맛에 대한 기억이 정말로 인류 유전자 깊이 각인되어 있는 걸지도 몰라."

선준이 따라 웃으며 하는 말에 유니가 한숨을 후 내쉬었다.

"유전자를 갈아 치우는 수밖에 없겠네, 우리가 하는 일이 끝나려면."

그때 잠자코 있던 남자애가 불쑥 끼어들었다.

"우리는 옛날에 제사부터 지냈다던데……. 우리가 목숨을 이어 가도록 자기 목숨을 내주어 고맙다고."

사무실 안에 있던 모든 사람의 눈길이 남자애에게 쏠렸다.

"우리는 다 같이 사냥해서 다 같이 먹었대요. 그때가 제일 좋았다던데요. 물론 잘못한 일이 있으면 같이 못 먹고 구석에서 따로 먹어야 했다고는 하지만요."

리안이 고개를 갸웃거리며 남자애를 살폈다.

"넌 누구니?"

리안을 마주 본 남자애가 눈이 휘둥그레지더니 대답

도 없이 리안을 뚫어지게 바라보았다. 리안은 곧 선준과 유니를 돌아보며 물었다.

"얘는 누구야?"

선준도 유니도 고개를 가로저었다.

"몰라? 아무도 모르는 애가 왜 여기 있어?"

선준이 안 되겠다 싶었는지 먼저 나서서 간단히 설명했다.

"유니가 오는 길에 오존 홀 특별 주의보가 울렸는데, 쟤가 길 한가운데 그대로 있더래요. 그래서 대피소로 갔고요. 근데 주의보가 해제되고 나서도 계속 따라오더래요. 갈 데가 없나 봐요."

유니가 선준 말 그대로라고 고개를 끄덕였다. 리안이 잠시 난감해하다 말했다.

"그래, 알았어. 일단 지금은 출동부터 해야 하니까 자세한 얘기는 돌아와서 하자. 이름이?"

리안이 남자애에게 물었다.

"카이, 카이예요."

"그래, 카이. 이따 보자."

사무실 밖에서 행동대 팀원들이 출동을 서두르고 있

었다. 리안은 선준에게 카이를 챙겨 주라고 이른 뒤 나설 준비를 했다.

"끝이 나든 안 나든 일단 발견한 범인들은 잡고 봐야겠지. 다녀올게!"

유니가 급히 리안을 따라나섰다.

"저도요! 저도 같이 갈래요."

가이아의 딸들 행동대원이니 자격이 있었다. 리안이 따라오라는 고갯짓을 했다. 유니는 선준을 향해 다녀오겠다며 손을 흔들었다. 선준도 응원의 뜻으로 한 손을 들어 보였다. 선준 옆에 서 있던 카이도 손을 흔들었다. 붙임성 하나는 확실한 아이였다.

탄주 갱도

육식이 금지된 뒤 일상적인 식재료가 된 대체육은, 세계적 기업들의 사활을 건 경쟁 개발 덕에 영양과 향미는 물론 식감도 결코 기존의 고기에 뒤지지 않았다. 동물 지방 과다 섭취의 부작용도 없어 건강 면에서는 더 나은 편이기도 했다. 그런데도 일부 사람들은 여전히 진짜 고기에 집착했다. 동물을 불법 도축한 고기는 고가에 밀매되고 있었다. 세계 각지에서 불법 사육장이 들통나고, 밀매 현장이 적발되었다. 취식 과정에서 검거되는 사람도 많았다.

유니와 선준은 대체육이 이미 일상에 자리 잡은 시대에 태어난 세대였다. 처벌의 위험을 감수하면서까지 기어코 동물을 잡아먹으려는 일부 사람들을 도무지 이해할 수 없었다.

에코 플래닛도 가이아의 딸들도 할 일이 태산만큼 많았지만 이 문제에 대처하는 것 역시 소홀히 할 수 없는 중요한 임무였다. 범죄자에 대해서는 교화를 무엇보다 우선시했지만, 사실상 육식 시장의 흐름을 만드는 이들에게는 적용이 불가능했다. 교육이니 계도니 하는 건 그저 습성 때문에 육류를 그리워하는 보통 사람들에게나 통하는 방식이었다. 언젠가 유니가 출동해 제압했던 남자 하나는 보란 듯이 빙글거리며 시뻘건 생고기를 눈앞에서 씹어 보였다.

"너, 진짜 고기 맛본 적 없지? 인간들이 좀 더 솔직해져야 해. 동물의 세계는 원래 이렇게 잡아먹고 잡아먹히는 거거든. 사냥의 습성이 있기 때문이지. 나보다 약한 놈을 굴복시키는 맛 말이야. 그까짓 완자 부스러기 조몰락거린 게 진짜 고기하고 비교가 될 것 같나? 지구는 어차피 망하게 되어 있어. 망할 때까지는 단 하루라도 먹고 싶은 대로 먹고 살아야지. 안 그래? 넌 얼치기 위선자들에게 속고 있는 거야. 하긴 맛을 모르는 게 고기만이 아니겠군."

남자가 유니의 목덜미를 향해 손을 뻗었다. 남자를 집어 들어 퍽 소리가 나도록 이동 트럭 구석으로 밀어 넣었던가. 유니는 가이아의 딸들에게 지급되는 신체 강화복을 입고 있었다. 남자는 더는 찍소리도 내지 않았다.

"서둘러!"

이미 팀원들이 탑승해 있는 초고속 밴에 오르며 리안이 유니를 재촉했다.

"알았어요!"

출동하려는 탄주시는 북쪽으로 한 시간은 걸리는 곳이었다. 폐광 지역으로 100년이나 방치되어 세상의 변화에 한참 뒤처지고 낙후된 변방 도시였다. 뭔가 문제를 일으켜 원래 살던 지역에서 도주하거나 이탈한 자들이 온갖 위법 행위를 서슴지 않고 저질러 말썽이 끊이지 않았다. 자기들끼리도 걸핏하면 충돌을 일으켜 경찰로봇과 구급차가 상시 대기하다시피 했다. 오늘 역시 경찰들이 먼저 도착해 미리 위험에 대처하고 있을 터였다. 리안이 이끄는 행동대는 상황 조사와 수습을 담당하는 역할이었다. 그럼에도 예상치 않은 공격이나 사고에 대비해 신체 강화복 착용은 필수였다.

행동대를 태운 초고속 밴은 정확히 한 시간 뒤 현장에 도착했다.

"와아! 이런 데는 처음이에요."

유니가 휘둥그레진 눈을 하고 중얼거리자 리안이 옆에서 짧게 대꾸했다.

"나도야. 자, 내리자. 다들 내립시다!"

눈앞에 거대한 석탄산이 외부자들을 거부하듯 암울한 장막처럼 펼쳐져 있었다. 봄으로 계절이 넘어가고 있는 시기인데도 이곳의 겨울은 끄떡도 않고 있었다. 채굴을 멈춘 지 100년이 되었지만 하늘에는 눈발 섞인 석탄가루가 여전히 날리는 듯했다. 석탄의 흑색 외에 다른 색깔은 영영 잃어버린 도시였다.

먼저 도착한 경찰이 현장을 급습해 불법 도축업자 일당을 검거해 나오고 있었다. 폐광 내부를 불법 축산 공장으로 개조한 혐의였다. 리안은 상황 파악을 위해 행동대를 이끌고 폐광 내부를 둘러보러 들어갔다.

폐광 안은 생각보다 넓었다. 이리저리 뻗은 갱도마다 쇠창살로 막힌 사육장이 설치되어 있었다. 검거 과정에서 일당이 저항한 탓인지 바닥은 도살된 동물 사체와 도축 기구로 너저분했고, 피 냄새가 진동했다.

"우욱!"

유니는 구역질을 참느라 한동안 숨을 멈추었다. 리안과 팀원들이 아직 목숨을 부지하고 있는 사육 우리 속 동물들을 조심스레 구조해 밖으로 나갔다. 유니는 처참한 광경에 얼이 빠져 있다 얼른 정신을 수습하고 팀원들과 보조를 맞췄다.

현장이 정리된 후, 팀원들이 모두 밖으로 나가고 있을 무렵이었다. 유니는 일행에 뒤처져 어두컴컴한 폐광 안쪽을 유심히 살폈다. 아까부터 뭔가 이상한 기미를 느끼고 있었기 때문이다. 유니가 밖으로 나가는 척하며 어두운 곳에 몸을 숨기고 있을 때였다. 기다렸다는 듯이 폐광 벽 갈라진 틈 사이에서 무언가가 희끗 움직였다. 일당 중 한 명이 몸을 숨기고 있다가 사람들이 밖으로 다 나간 줄 알고 갱 안쪽으로 달아나려는 거였다.

"거기 서!"

유니는 놈을 뒤쫓기 시작했다. 하지만 범인의 발소리는 곧 사라졌다. 유니가 외치는 소리를 듣고 리안이 다시 안으로 들어왔다.

"유니야! 무슨 일이니?"

"한 명이 숨어 있었어요!"

유니는 소리쳐 사실을 알리고 갱도 안으로 랜턴을 비추며 범인이 사라진 쪽으로 조심스럽게 다가갔다. 두 갈래로 갱도가 갈라져 있었다. 유니는 갈림길에서 잠시 고민하다 왼쪽 길로 방향을 잡았다. 하지만 얼마 가지 않아 또 갈림길이 나타났다. 길을 잘못 짚은 것 같았다. 유니는 망설이다 도로 돌아 나가기로 했다. 그런데 한쪽 갱도에서 이상한 빛이 스며 나오고 있었다. 유니는 갸웃거리며 한발 한발 그쪽으로 다가갔다. 그 빛에 가까워졌다 싶은 순간이었다. 갑자기 한쪽 발이 쑥 빠지며 몸이 아래로 기우뚱했다. 발아래에 수직갱이 아가리를 벌리고 있었던 것이다.

"헉!"

영문을 알아챌 틈도 없이 유니의 몸은 아래로 떨어지기 시작했다.

"으아아아악!"

유니는 머릿속이 하얘졌다.

‘이제 바닥에 부딪혀 온몸이 산산조각 나겠구나. 이런 식으로 인생이 끝장나다니. 고작 열여덟 해 살았는데, 너무하다.’

유니는 울지 않으려 이를 꽉 물었다.

‘부모님과 이렇게 다시 만나게 되는 걸까. 많이 아프지만 않았으면 좋겠다.’

하지만 아무리 기다려도 아무런 일이 일어나지 않았다. 아래로 아래로 내려가기만 했다. 유니는 가까스로 눈을 떠 보았다. 주위가 온통 깜깜한데 유니의 몸 주변에만 희고 푸른 빛이 흐르고 있었다. 나중에는 떨어지고 있는 건지 허공에 멈추어 있는 건지도 알 수 없었다. 지금 여기가 어디일까 생각하다가 유니는 그만 정신을 잃고 말았다.

윤희 세계의 유니 1

"내 문자에 왜 답 안 했냐?"

"……?"

"근무하느라 못 봤다고 또 핑계 댈래? 고기 뒤집고 불판 닦느라 바빴다 이거야?"

대체 무슨 소리인지 몰라 유니는 눈만 깜박거렸다. 공원 의자에 널브러져 앉은 유니 앞에 팔짱을 끼고 선 남자애가 이상한 소리를 하고 있었다. 선준이 틀림없었지만, 하는 말은 하나도 이해할 수 없었다. 옷차림도 낯설었다. 이렇게 너절한 옷을 입은 선준의 모습은 단 한 번도 본 적이 없었다. 부드럽고 반듯한 말투처럼 선준은 차림새도 늘 깔끔하고 단정했다.

"너…… 왜 그래?"

유니가 가까스로 한마디 하자 남자애의 눈 흰자위가 순간 파래졌다.

"왜 그래? 이게!"

남자애가 주먹을 치켜들었다. 유니는 눈이 휘둥그레졌다. 신기한 광경이었다.

'뭐 하자는 거지? 설마 저걸로 치겠다고? 혹시……. 얼굴 한쪽이 아까부터 얼얼하고 뻐근하다 싶었는데, 설마…….'

유니가 얼굴이 굳어진 채 가만히 쳐다보자 남자애가 눈을 부라렸다.

"이윤희, 언제부터 이렇게 간이 커졌어? 엉?"

도저히 더 들어 줄 수가 없었다. 아무리 봐도 겉모습은 선준과 같은데, 하는 소리는 질 나쁜 마초 양아치였다. 유니는 황급히 주위를 둘러보았다. 볼품없는 모조 조각품 몇 점이 군데군데 놓여 있는 초라한 갓길 공원이었다. 전혀 모르는 장소였다. 고개를 돌려 뒤쪽을 보니 시커멓고 거대한 석탄산이 병풍처럼 펼쳐져 있었다. 그 모습만은 어렴풋이 기억이 났다. 탄주시에 도착해 맨 처음 본 광경이었다. 다른 점이 있다면, 탄광 앞 우회로로 석탄을 가득 실은 화물차들이 연신 돌아 나오고 있다는 것이었다.

'맙소사! 여기가 대체 어디야? 이 남자애는 대체 누구고?'

유니가 대꾸하지 않자 남자애가 검지를 뻗어 유니 이마 가운데를 꾹 찔렀다.

"야, 이윤희! 이 진시환 말이 말 같지 않냐?"

유니는 반사적으로 몸을 옆으로 빼며 잽싸게 일어났다. 남자애 주먹이 또 위로 올라가려고 했다. 유니는 남자애 발목을 걸어 자세를 무너뜨리며 재빨리 뒤에서 양팔을 꺾어 눌렀다.

"얻다 손을 대려고 해? 주먹은 왜 자꾸 쳐드는데?"

방금 자신을 진시환이라고 말한 남자애는 유니에게 예상치 않은 기습을 당하자 잠시 얼이 빠진 듯했다. 자신이 알던 여자애에게 이런 힘이 있었던가? 결코 그렇지 않았다. 그렇다면 지금 이 상황은 대체 뭐지? 다 떠나서 이런 도발 자체가 둘 사이에서 용납되는 일이었던가? 시환의 생각에 이건 정상이 아니었다.

"하! 별일이네. 너 무슨 짓이냐? 약 먹었냐?"

시환은 유니를 뿌리치고 팔을 빼내려 했다. 유니는 바로 더 힘을 주어 시환의 시도를 막았다. 상대의 공격을 효과적으로 제압하는 방법을 평소 훈련 때 익혀 둔 게 천만다행이었다.

"야! 좋은 말 할 때 놔라. 죽고 싶지 않으면."

"너야말로 죽고 싶지 않으면 가만히 있는 게 좋을걸?"

시환은 비로소 이상하다는 생각을 하며 간신히 고개를 돌려 유니를 올려다보았다.

"너, 이윤희 아니야?"

유니는 어깨를 으쓱했다.

"내 이름은 또 어떻게 알고? 이유니 맞아. 너야말로 선준이가 아닌데 왜 똑같이 생긴 거야?"

시환이 피식 웃었다.

"딴 새끼 이름을 들먹이는 걸 보니 이윤희는 확실히 아니군. 이윤희였으면 찍소리도 못 했을 테니까. 이거나 좀 놓지?"

유니는 고개를 저었다.

"아니. 너희 같은 놈들은 이럴 때 틈을 주면 반드시 기습한다는 걸 모르지 않거든. 잠깐 기다려. 적당히 묶어 놓을 만한 걸 좀 찾아볼 테니까."

시환은 만만치 않다 싶은지 가벼운 한숨을 내쉬었다. 유니는 벤치 옆에서 반쯤 땅에 묻혀 있는 빛바랜 넥타이를 발견하고는 발끝으로 끌어냈다. 그걸로 벤치 다리와 시환의 양손을 함께 뒤로 묶고 나서야 떨어져 앞쪽으로 돌아왔다.

"자, 이제 말해 봐. 나를 누구로 착각한 거야?"

시환이 피식 웃었다.

"내가 누구랑 똑같이 생겼다며? 너도 내 여친이랑 똑같이 생겼어. 분명히 아니지만."

"뭐? 여친한테 죽인다고 겁주고 그랬던 거야? 아니, 진짜로 주먹으로 치고?"

시환이 한쪽 입꼬리를 치켜올렸다.

"내 여친이야. 네가 무슨 상관인데?"

유니는 기가 막혀 말이 안 나오려고 했다. 이런 식으로 말하는 남자 종족은 이미 화석이 된 지 오래였다. 어디에서건 털끝 하나 발붙일 수 없었다. 여태껏 소멸의 수순을 밟지 않고 지리멸렬 잔존해 있었다니 놀랍기 짝이 없었다. 하필이면 이런 남자애가 다정하고 친절하고 배려심 있고 지적이기까지 한 선준과 똑같은 얼굴을 하고 있다니, 이건 악몽일지도 몰랐다. 자신과 얼굴이 똑같은 사람이 한심한 남자애의 여자친구라는 사실은 더더욱 믿고 싶지 않았다. 게다가 유니가 아는 한 선준도 자신도 결코 쌍둥이가 아니었다.

유니는 이상한 느낌에 큰길로 급히 뛰어나갔다. 길거리 풍경과 사람들 차림새가 지금껏 유니가 봐 왔던 것과 많이 달랐다. 그렇다고 전혀 처음 보는 모습은 아니었다. 언젠가 옛날 기록물에서 본 듯한 풍경과 차림새들이었다. 도로 옆으로 긴 전선들을 매단 전신주가 줄지어 서 있는 거며, 전신주에 고어로 된 포스터가 덕지덕지 붙어 있는 거며……. 유니는 어찔한 현기를 느끼며 얼이 빠진 채 중얼거렸다.

"여기가 대체 어디야……?"

다중 우주

"이봐요, 왜 자꾸 나를 피해요?"

"시, 시환아. 나, 나도 연락하려고 했어. 그런데 일이 안 끝나서……."

"대체 무슨 소리인지 모르겠군. 시환이라는 사람은 또 누구고."

선준이 고개를 절레절레 흔들었다. 옆에서 지켜보던 리안도 이마를 찌푸리며 중얼거렸다.

"유니는 사라지고, 거기서 나온 똑같이 생긴 사람이라……."

탄주시 불법 도축 현장에 리안과 함께 출동했던 유니가 수직갱에 빠져 실종되고, 상황은 기묘하게 흘러갔다. 그 자리에서 구출해 낸 건 유니가 아닌 다른 사람이었다. 처음에는 유니가 무사히 구조된 줄 알고 리안도 선준도 기뻐했지만, 두 사람은 곧 그 아이가 유니가 아니란 걸 알아챘다. 외모만 유니일 뿐, 당차고 굳센 유니와 달리 이 소녀는 금방이라도 부서질 듯 연약하고 위태로워 보였기 때문이다. 나이에 비해 너무 지친 표정이기도 했다.

이윤희라는 이름을 가진 소녀는 선준만 보면 유난히 겁을 먹었다. 선준이 걱정스레 말을 걸 때마다 움찔움찔 놀라고 움츠러들었다. 자기 뺨을 만지며 갸웃거리기도 했다. 리안은 눈짓으로 선준을 병실 밖으로 불러냈다.

"저 눈빛을 알아. 도축업자 앞에서 떨고 있는 동물들 눈빛이 저렇거든."

"폭력이 있었을까요?"

"한 번이 아니야."

"어떻게 그런 일이 있을 수 있죠? 바로 체포되어 격리당할 텐데……."

"그렇지. 용납될 수 없지."

선준이 고개를 갸웃거렸다.

"이상한 얘기도 한둘이 아니에요. 아르바이트를 고깃

집에서 한다는 것도 그렇고……."

"나더러는 '사장님'이라잖아. 이제 지각 안 할 테니 알바비 깎지 말아 달라지를 않나. 화장 안 한 맨얼굴은 처음이라 못 알아볼 뻔했다지를 않나. 내가 맨얼굴 아닌 적이 언제 있었다고."

"그러게요. 남자친구가 불러내서 아르바이트에 늦었는데 갑자기 기절했다는 둥, 아무리 상상이라도 그렇지……."

"……상상한 게 아니야. 실제로 겪은 거지. 겁낼 만한 일들인 거고."

"그게 어떻게 가능해요? 요즘 세상에 있을 수 없는 일인데……."

리안도 도무지 영문을 알 수 없어 고개를 갸웃거렸다.

"그러게."

둘은 염려스러운 얼굴로 윤희 쪽을 바라보았다.

"참, 카이라는 그 애는 어때?"

리안이 문득 생각난 듯 물었다. 선준은 한숨부터 쉬었다.

"제 방을 아주 자기 방처럼 써요. 며칠이 아니라 완전히 눌러살 기세라니까요. 나 참, 그렇게 넉살 좋은 애는 처음 봤어요. 유니가 그런 애를 인지 능력이 조금 모자란 앤 줄 알고 도와줄 셈으로 데려왔다니 정말 어이가 없어요."

리안이 훗 웃었다.

"그런데 이상한 얘기를 한다며? 다른 별에서 왔다는 둥……."

선준이 정색을 했다.

"그게 이상하다니까요. 오존 홀에 대해 전혀 모르는 것도 사실 좀 그렇고요. 대장님을 전부터 알고 있는 것 같기도 하고……."

"나를?"

"네. 뭔가 사연이 있는 것 같은데, 그 얘기는 아직 안 해서……. 정말 다른 별에서 왔나 싶을 때도 있고, 도무지 종잡을 수가 없는 애예요."

"혹시……."

리안은 곰곰 생각에 잠기는 얼굴이었다. 선준도 방금 자신이 무심코 한 말을 다시 곱씹고 있었다.

"혹시…… 정말 그 애가 다른 별에서 왔을까요? 윤희라는 아이도 그럼……."

"그럼 유니도 다른 세계로……?"

두 사람 얼굴이 창백해졌다.

"그렇다면 유니가 떨어졌던 수직갱이 혹시……?"

"다른 세계로 연결되는 통로……?"

두 사람은 할 말을 잃은 채 한참 동안 서로 바라보기만 했다.

"말도 안 돼요."

"그래, 말도 안 돼."

하지만 리안은 곧 말을 바꾸었다.

"그런데 말도 안 되는 일이 일어났어."

선준이 고개를 저었다.

"그 수직갱은 바닥이 분명히 있는 막힌 구조였던 거 아시잖아요."

"알지. 그런데 우리가 거기서 유니 아닌 윤희를 구조해 왔어."

"그럼 그 수직갱에 비밀의 열쇠가 있다는 거예요?"

리안이 선준의 말을 확인하듯 되풀이했다.

"수직갱에 비밀의 열쇠가 있다는 거지."

"……."

"암흑 물질과 암흑 에너지에 대해 들어 본 적 있어?"

선준이 고개를 끄덕였다.

"우주가 팽창하고 있는 게 암흑 에너지 때문이라면서요. 역시 알 수 없는 암흑 물질이 우주에 가득 차 있고요."

"그래. 인류가 지금까지 밝혀낸 우주 물질은 겨우 4퍼센트래. 우주 물질의 73퍼센트가 암흑 에너지고. 나머지 23퍼센트도 역시 알 수 없는 암흑 물질인 거지."

"초대형 입자 가속기로 힉스 같은 물질도 찾아내고, 미니 빅뱅에 블랙홀도 만들어 내면서 암흑 물질과 암흑 에너지에 대해서는 왜 여전히 깜깜한지 모르겠어요."

"그래서 우주 방사선이 방해 안 하는 깊은 탄광에서 계속 열심히 연구들을 하고 있다나 봐. 우주의 비밀을 알아내려고 말이야. 문제는 그 수직갱이 방금 말한 암흑 물질과 암흑 에너지로 가득 차 있는 게 아닐까 하는 거지. 우리로서는 알 수 없는 힘을 가진……. 그게 다른 세계를 서로 연결해 주고……."

"다른 세계라면……?"

"평행 세계."

"평행 세계네요!"

두 사람은 자신들이 이끌어 낸 결론에 스스로 놀라 잠시 할 말을 잃었다. 선준이 가까스로 말을 이었다.

"평행 우주가 정말 있다는 말이잖아요? 하지만 유니 모습은 그대로인걸요. 그래서 우리가 더 혼란스러운 거잖아요."

"빛이 파동이자 입자인 거 알아?"

"그걸 왜 몰라요. 유명한 실험인데요. 빛이 파동인 줄로만 알았다가 실험 결과 입자이기도 하다는 걸 알게 되었잖아요. 거기서 양자라는 말이 처음 나왔고요."

리안은 흡족하게 빙그레 웃고는 말을 이었다.

"그래. 그래서 파동이 입자일 수 있다면 입자 역시 파동일 수 있다는 논리가 성립된 거야. 파동은 동시에 여러 곳에 있을 수 있기에 다중 우주가 가능하다는 것도 알게 됐고."

"파동은 서로를 간섭하기도 하니까 교환도 가능하다는 얘기네요?"

선준의 눈이 반짝하고 빛났다.

"유니와 윤희 학생이 파동 교환을 한 거군요! 다중 우주의 두 세계, 평행 우주에서요."

리안이 잠자코 고개를 끄덕였다.

우주의 모든 존재는 전부 빅뱅에서 태어났기에, 서로 다른 세계에 존재한다 해도 양자적으로 닮거나 얽혀 있다면 미약하게라도 서로 연결되어 있다. 그런 양자의 파동 교환이 실제로 두 평행 우주에서 이루어진 거였다. 어떤 학자는 그것을 우주적 연결이라고 칭했고, 또 어떤 학자는 파동의 결맞음이라고 표현했다. 다중 우주가 이어져 있고, 서로 오갈 수 있다는 점에서는 동일한 얘기였다. 다만 대부분 파동들이 어긋나 있는 '결어긋남' 상태에서는 그것이 가능하지 않았다.

선준은 놀라운 사실 앞에 벅찬 표정을 감추지 못했다.

"평행 세계가 실재하는군요. 이번에 발견된 에코스피어가 어쩌면 윤희 학생의 세계일지도 몰라요."

그건 리안도 알 수 없었다.

"가능성이야 있겠지. 확실한지는 연구가 이뤄져야 알 테고."

리안의 목소리에 점점 힘이 들어가고 있었다. 유니와 윤희의 의식이 맞바뀐 게 평행 세계와 관련 있지 않을까 추론하면서도 설마 했는데, 이제는 부정할 수 없을 것 같았다. 너무도 명확해지고 있었다. 선준은 선준대로 충격을 이기려 애쓰느라 가볍게 몸을 떨었다.

"그런데 이건 좀 받아들이기가 힘드네요. 윤희가 있던 세계에서는 제가 못된 놈인가 봐요. 생각만 해도 끔찍해요. 나도 모르는 내가 어디선가 여자를 때리고 괴롭히고 있다니 착잡해요."

선준이 서글프게 말하자 리안이 한 손으로 어깨를 잡아 주었다.

"상심하지 마. 그 남자애는 너를 닮았을 뿐 하선준이 아니야. 윤희 학생이 유니를 닮았지만 유니가 아니듯이. 나도 그 알바비 깎는다는 고깃집 사장이 아니잖아."

"하지만 정말 아무런 상관이 없다는 확신이 들지 않아요. 유니와 윤희가 양자적으로 닮아 있기에 어떤 식으로든 이어져 이런 일이 일어난 것처럼, 저도 그 남자애 문제에 책임이 있을 것 같거든요. 혹시 제 안에도 그런 폭력성이 있고 그게 다른 세계에서 또 다른 나를 만들고 있는 건 아닐까 의심도 들어요."

선준이 너무 낙담하고 고민하자 리안은 가만히 바라

보다 조심스레 말을 이었다.

"그래, 우리 안에 있는 다른 인격을 살펴보는 건 나쁘지 않은 것 같아. 어떤 사람이든 한 가지 성격만 갖고 있지는 않으니까. 자기 그림자를 알고 있으면 조심히 잘 다룰 수 있겠지. 다른 세계의 자신과 이어지고 얽혀 있다는 것을 아는 것도 중요하고……. 나도 고깃집 사장은 좀 의외인데, 또 다른 세계에서는 어떤 모습으로 살고 있을지 문득 궁금해지네."

리안이 빙그레 웃으며 말하자 선준도 표정을 풀고 따라 웃었다.

"대장님은 아마 다른 세계에서도 담대하고 지도력 있고 포용력 있으실 거예요."

"그렇게 말하니 기분은 좋은데, 그건 알 수 없지. 고깃집 사장도 예상 못 한 것처럼."

선준도 그 말에는 잠자코 고개를 끄덕였다.

카이

카이에게서 들은 이야기는 더 예상 밖이었다.

“리안은 제 엄마였어요.”

엄마라는 말도 놀랍지만 ‘였다’는 과거형 말도 심상치 않았다.

“그게 대체 무슨 말이니?”

리안이 평소답지 않게 당황하며 물었다.

“시타, 우리 별 시타에서는 리안이 우리 엄마였다고요.”

리안은 할 말을 잊은 얼굴이었다. 보다 못한 선준이 다시 질문했다.

“그걸 어떻게 알았어? 넌 어떻게 여기에 올 수 있었던 거고? 대장님이 여기 있다는 건 또 어떻게 알았어?”

선준이 아껴 먹던 간식들을 냉장고에서 모조리 꺼내

다 놓고 먹던 카이가 심드렁하게 말했다.

“어떻게 알았냐고? 똑같이 생겼는데 어떻게 몰라. 어떻게 왔는지는 설명하기 어렵지만, 솔라 카를 타고 왔어. 시타 최고 실력의 과학 연구 구루들이 엄마랑 동료들한테 직접 만들어 준 거야. 내 마음대로 막 조종해 봤는데, 처음엔 잘 안되다가 갑자기 작동됐어. 웜홀로 들어간다는 메시지가 들린 것만 기억나. 정신 차려 보니 여기였어.”

놀라운 얘기였다. 카이의 말대로라면 카이 역시 다른 평행 우주에서 온 거였다. 심지어 유니 경우와는 달리 물리적인 공간 이동이었다. 그 생각을 하며 입을 못 다물던 선준이 궁금한 걸 또 물었다.

“그럼 ‘어떻게’는 그렇다고 하고, 왜 온 건데?”

카이는 머뭇거리다 대답했다.

“오려고 해서 온 게 아니라니까. 그래도 만약 평행 우주 같은 게 진짜 있다면, 만나고 싶은 사람은 있었어.”

“그게 누군데?”

카이는 말없이 리안을 돌아보았다. 리안은 여전히 어리둥절한 얼굴이었다. 선준은 문득 의문이 들었다.

"파동 교환이 이루어진 거라면, 이 지구에도 너랑 똑같은 아이가 있고, 네가 온 별로 그 애가 갔다는 거 아니야? 그 애는 원하지 않았을 수도 있었을 텐데……. 그 애가 누구인지는 알아? 봤어?"

카이가 고개를 저었다.

"모른다고? 못 봤다고?"

카이가 다시 고개를 저었다.

"아니, 없는 것 같다고."

"없는 것 같다는 게 무슨 말이야? 너도 유니랑 윤희가 바뀐 걸 봤잖아. 우리가 이해한 대로라면 여기서도 다른 애 하나가 네가 온 곳으로 갔을 것 같은데."

"봐 봐. 나는 그냥 내 몸 그대로 가지고 여기 왔어. 반드시 교환이 필요하다고 말할 수도 없는 거지."

리안이 수긍이 가는 얼굴로 고개를 끄덕였다.

"그래, 그럴 수도 있겠네. 카오스처럼 무원칙하게 틀 바깥에서 움직이는 세상도 있을 테니까. 카이, 카이가 꼭 카오스 같네."

그 말이 듣기 싫지 않은지 카이가 씩 웃었다. 그리고 혼잣말처럼 중얼거렸다.

"그리고 여기에 내 분신이 없지 싶은 건, 무엇보다 태어나지 않은 것 같거든."

선준은 카이의 말뜻이 이해가 안 돼 리안을 돌아보았다. 리안이 말을 더듬었다.

"나, 나는 아이를 가져 본 적도, 낳을 생각을 해 본 적도 없어. 이 얘기를 왜 해야 하는지 모르겠다만…… 아무튼 시타에선 내가 엄마라니, 많이 당황스럽네."

카이가 저답지 않게 어른스러운 말을 했다.

"아아, 제 말에 부담 가지실 것 없어요. 그냥, 엄마와 똑같이 생긴 사람을 발견해서 기뻐요. 엄마는 아니지만, 엄마를 만났다고 생각할 수 있으니까…… 그러면 되는 거잖아요."

"그래서 솔라 카를 타고 무작정 떠나온 거야? 너희 엄마는 어디로 가셨는데?"

선준이 물었지만 카이는 침묵했다. 그 모습을 본 리안이 조심스레 물었다.

"엄마가 혹시 돌아가셨니?"

카이가 말없이 고개를 끄덕였다. 리안과 선준이 눈빛을 주고받았다. 어떤 질문도, 위로의 말도 망설여지는 상황이었다. 그렇게 잠시 세 사람 사이에 무거운 침묵이 흐르고, 카이가 다시 입을 열었다.

"엄마는, ……저격당했어요."

리안과 선준은 아무 말도 하지 못하고 카이를 바라보았다.

"전쟁이 있었어요. 아니, 그냥 침략당한 거라고 보는 게 맞겠네요. 그 사람들한테 시타는 항상 눈엣가시였어요. 우리는 원만하게 사는 걸 좋아하던, 말하자면 평화주의자들이었거든요. 전쟁 기술이 발달한 편은 아니었어요. 무기도, 인구도 많지 않았고……. 하지만 숲은 아주 넓었어요. 나무가 얼마나 많았다고요. 침략 행성에서 온 사람들이 그걸 모조리 베어서 가져갔어요. 거기서 마음대로 살던 동물들도 다 잡아 죽이고, 가두고……."

카이가 괴로운 기억이 되살아나는지 입술을 깨물었다.

"우리 땅은 식민지였어요. 동물을 죽이고 가두고 나무 베는 일을 우리한테 시켰어요. 그게 너무 힘들고 고달파서 사람들이 몰래 모인 거예요. 참지 말고 대항하자고."

"저항군을 조직했구나. 엄마가 거기 참여했고."

카이가 고개를 끄덕였다. 선준이 카이의 어깨를 부여잡아 주었다.

"너는 괜찮았니? 해를 입지는 않았어?"

"사람들이 나를 보호했어요. 우리는 늘 그런 식으로 살았거든요. 누가 불행해지는 걸 모른 척하지 않고……."

카이의 말을 가만히 들어 주던 리안이 천천히 물었다.

"시타라고 했니? 네가 살던 별."

"네, 시타요."

카이가 입속말로 말했다.

"네 어머니와 시타 별의 사람들에게 존경심을 표하고 싶네. 꿋꿋이 견뎌 낸 너에게도."

리안이 정중하게 말하자 카이가 겸연쩍은 얼굴을 했다.

"엄마와 시타 사람들은 충분히 존경받을 만해요. 나는 그렇지 않지만요."

선준이 카이 어깨를 툭툭 쳐 주었다.

"대장님 얘기 틀리지 않아. 네가 다르게 보인다."

카이가 불쑥 장난스런 얼굴을 했다.

"지금까지는 어떻게 봤는데?"

선준이 눈초리를 가늘게 뜨며 말했다.

"어떻게 보긴. 내 양식 야금야금 축내는 원흉으로 봤지."

"첫! 노랑이 영감이 따로 없네."

"뭐? 노랑이? 영감? 그런 말은 언제 또 배웠대? 너 이리 와! 이게 봐줬더니 형한테 막 기어오르네."

선준이 으르렁거리자 카이가 헤헤 웃으며 달아났다. 그 모습을 가만히 지켜보던 리안의 얼굴에 어느새 미소가 번졌다.

윤희 세계의 유니 2

“얘, 너 일하러 안 오니?”

유니는 스웨터 주머니에서 시끄럽게 울리는 손바닥 크기의 전화기를 꺼내 받았다가 멍해졌다. 전화기 화면을 확인하자 ‘이향 사장님’이라는 표시가 떠 있었다.

“아…… 일.”

원래 세계로 돌아갈 방법을 찾기까지는 이 세계에서 버텨야 한다. 그리고 여기서는 이윤희의 신분으로 살 수밖에 없다. 유니는 전화 발신지를 확인해 위치를 찾아 보았다. 다행히 걸어서 15분 정도면 갈 수 있는 곳이었다. 유니는 걸으면서 거리 풍경을 두리번거리고 살폈다. 사람들의 옷차림이나 머리 모양이 낯설고 어색한 건 그런대로 지나칠 만했다. 그러나 도무지 영문을 알 수 없는 건 빽빽하게 메워진 도로였다. 차들은 거의 움직이지 못한 채로 도로에 줄지어 서 있었다. 분명 정차한 상태는 아니었다. 유니는 이해할 수 없어 도로 쪽으로 다가가 자동차 안을 바싹 들여다보았다. 차 안에 있던 사람이 버럭 화를 내며 삿대질을 했다. 유니는 깜짝 놀라 도로에서 물러섰다.

'뭐야, 사람들이 직접 운전을 한단 말이야? 근데 왜 가만히 서 있지? 이해할 수가 없네.'

자율 주행 방식으로 교통 흐름이 관리되는 유니의 세계에서는 전혀 볼 수 없는 광경이었다. 사람들이 운전대를 잡고 조종하는 모습이나, 쉴 새 없이 앞뒤에서 경적을 울려 대는 상황이나, 그런데도 도통 나아가지 못하고 도로 한가운데 멈춰 있다시피 한 차들이나…….

전화 발신지 위치가 있는 골목으로 접어든 유니는 그 자리에 멈춰 서고 말았다. 어디선가 거북한 냄새가 풍긴다고 아까부터 느끼고 있었는데, 바로 고기 냄새였다. 골목 전체가 온통 크고 작은 고깃집으로 가득했다. 출입문 옆 유리창과 간판에는 너나없이 생전의 동물 모습이나 저며 놓은 동물 살점 사진이 붙어 있었다.

'맙소사! 이건 진짜 고기야. 이 세계는 아직도 동물을 잡아먹고 있어. 이윤희는 대체 이런 데서 무슨 일을 한 걸까?'

유니는 쭈뼛거리며 전화 발신지인 이향 고깃집 쪽으로 다가가 유리문 너머로 슬그머니 안을 들여다보았다. 자리마다 사람들이 가득 앉아 있고, 앞치마를 두른 사람들이 이곳저곳을 다니며 불판 위에 고기를 올려 구워 주고 있었다. 처음 여기서 정신을 차렸을 때 시환이 고기 굽고 불판 닦는 일 어쩌고 한 게 이런 걸 말한 모양이었다. 그때 리안과 닮은 사람이 윤희의 눈에 띄었다. 요란한 옷차림과 머리 모양을 한 그 사람은 일하는 사람들을 채근하다 대뜸 전화기를 꺼내 들었다. 유니는 스웨터 주머니에서 울리는 벨소리에 화들짝 놀라 얼른 유리문에서 떨어졌다.

"아니, 금방 온다던 애가 아직도 함흥차사니? 너 시환이랑 무슨 일 있어? 걔가 내 조카여서가 아니라 사실 그대로 하는 말인데, 그게 다 널 좋아해서 그러는 거야. 그 정도면 집안도 빵빵하고 남자답고……."

유니는 전화를 툭 끊고 전화기를 주머니에 다시 넣어

버렸다. 웬 헛소리인지, 함흥차사라는 건 또 무슨 말인지, 알 수 없는 소리뿐이었다. 골목을 가득 메운 고기 냄새가 갑자기 유니의 코 깊숙이 훅 끼쳐 왔다. 유니는 그만 못 참고 골목 밖으로 황급히 뛰쳐나와 담벼락에 손을 짚고 속을 게워 냈다. 가까스로 속이 가라앉자 유니는 눈 끝에 맺힌 눈물을 닦아 냈다. 그리고 이향에게 전화를 걸었다. 발신음이 울리고 한참 만에 이향이 전화를 받았다.

"아니, 와야 할 시간에 안 오고 웬 전화야? 지금 바빠 죽겠는데. 아까는 내가 말하는데 왜 멋대로 끊었어? 어른이 얘기할 때 그러는 거 아니다, 너. 아무리 버릇이 없어도 그렇지. 지금 어디야?"

이향은 단숨에 자기 할 말을 폭포수처럼 쏟아 냈다. 대꾸를 하려도 무슨 말부터 해야 할지 모를 지경이었다. 마땅한 대답을 못 찾고 있는데 아랫배가 무지근한 느낌이 들었다. 그러고 보니 아까부터 아랫배에 계속 통증이 오고 있었다. 유니는 지금껏 겪어 본 적 없는 느낌이었다.

'맙소사! 설마 생리통이야?'

유니의 세계에서 생리통은 이미 해결된 문제였다. 하지만 그리 오래 지나지 않은 과거까지도 여성들이 생리통이나 월경 전 증후군으로 고생한 일이 많았다고 배웠다. 유니는 인류사 수업 시간에 들은 내용을 떠올리며 기운 빠진 목소리로 말했다.

"생리 때문에 배가 아파요. 오늘은 쉬고 싶어요."

유니 말을 들은 이향이 대뜸 면박을 주었다.

"누군 생리 안 해 봤니? 다들 암말 않고 하는 걸 너만 참 유난 떤다. 그런 식으로 빠지면 하루 일당 빼는 걸로 안 끝나."

'이윤희는 이런 수모를 겪으며 살고 있었던 건가. 이윤희만 겪는 일인가. 이 세계 사람들은 다 이런 식으로 말하고, 이런 말을 들으며 살고 있는 건가.'

유니는 속이 부글거리는 걸 애써 누르려 했다. 당장은 이곳의 상황을 모르니 일단은 참는 게 좋을 것 같았다. 하지만 도저히 그럴 수가 없었다.

"저기요."

유니가 목소리를 쫙 깔고 말하자 수화기 건너편이 갑자기 잠잠해졌다. 아마 평소 같지 않은 윤희 태도에 순간 말문이 막힌 것 같았다. 하지만 그것도 잠시였다.

"저기요? 아니, 얘가. 이제 위아래도 몰라보네. 사장님 소리는 길바닥에 내다 버렸니?"

뭐가 어떻든 사장님 소리는 꼬박꼬박 들어야 하는 모양이었다.

"아, 사장님. 사장님은 딸한테도 그렇게 얘기하실 거예요? 생리 때문에 아프다는데 유난 떤다고?"

"뭐? 난 딸 없어."

"그래서 상관없다는 거예요? 아무리 그래도 그렇게 말씀하시면 안 되죠. 사장님도 여자니까 생리통이 뭔지는 아실 거 아니에요. 아프다는 알바생한테 하루 일당 빼는 걸로 안 끝낸다고 하는 건 협박 아닌가요? 그 골목이 다 고깃집인데, 사장님 같은 악덕 업주가 운영하는 가게에 사람들이 갈 것 같아요?"

수화기 너머에서 열 뻗친 이향의 목소리가 터져 나왔다.

"얘가, 얘가! 이제 못 하는 말이 없네. 뭐, 악덕 업주? 너 당장 나와. 그렇게 안 봤는데 아주……."

유니는 더 들을 것 없다 싶어 전화를 끊어 버렸다. 할 말을 다 했더니 잠시 동안은 속이 후련했다. 하지만 곧 후회가 밀려왔다. 윤희에게 이향의 고깃집은 생계를 유지하는 데 중요한 일자리일 수도 있다. 생활비든 학비

든 벌어야 하는 처지 같은데, 이번 일로 해고라도 된다면 윤희에게 뜻하지 않게 피해를 주게 된다. 게다가 여기서 얼마나 더 있어야 할지 모른다. 있는 동안 쓰고 지낼 용돈 정도는 벌어야 한다. 자칫 여기서 계속 살아야 하는 처지가 된다면 제대로 돈벌이가 되는 일을 해야 한다. 그러니까…… 정말 '이윤희'로 살아야 하는 것이다. 그 생각을 하자 유니 어깨에서 힘이 빠졌다.

'정말 원래 세계로 돌아가지 못한다면…….'

인정하고 싶지 않지만 현재로서는 그럴 가능성이 더 컸다. 돌아갈 방법이 전혀 없었다. 밀려오는 절망감에 유니는 그만 주저앉으며 소리쳤다.

"리안 이모, 나 좀 구해 줘!"

리안은 부모를 잃고 홀로 남은 유니의 엄마이자 아빠이자 대장이었다. 어떤 문제도 리안과 의논하면 헤쳐나갈 수 있었다. 어떤 어려움도 리안이 다 해결해 주었다. 지금까지는 그렇게 살아왔다. 유니의 세계에는 늘 리안이라는 안전한 보호막이 있었다. 두려워할 것도, 걱정할 것도 없었다. 하지만 이곳, 윤희의 세계에선 어디도 안전하지 않았다. 경계해야 할 인물과 조심해야 할 것투성이였다. 스스로를 지키기 위해서는 잠시도 마음을 놓아선 안 되었다.

유니는 축 처진 채 전화기에 입력된 윤희의 거처를 확인해 찾아갔다. 조그마한 세탁소가 윤희네 집이었다. 작업복 차림의 중년 부부가 뜨거운 김을 내뿜는 다림판 앞에서 부지런히 일손을 움직이고 있었다. 두 사람의 얼굴을 본 순간 유니는 흠칫 놀라 멈춰 섰다. 조금 더 나이는 들어 보였지만 유니의 부모와 영락없이 닮아 있었기 때문이다. 유니는 무슨 말을 꺼내야 할지 몰라 머뭇거렸다.

윤희 엄마가 먼저 유니를 힐끗 보고 말했다.

"오늘 알바하는 날일 텐데 어째 일찍 왔어?"

유니는 얼른 윤희 말투를 짐작해 비슷하게 대꾸했다.

"새, 생리해서 쉬려고……."

윤희 엄마가 턱짓으로 안채를 가리켰다.

"들어가서 아랫배 따뜻하게 하고 있어."

윤희 아빠도 그러라는 눈짓을 보냈다. 그래도 윤희 부모는 괜찮은 사람들 같았다. 유니는 부모님 생각이 불현듯 나 콧잔등이 시큰해지려고 했다.

'만약 여기서 계속 살아야 한다면 저분들이 내 부모

가 되겠구나.'

유순한 얼굴을 한 두 사람을 정말 부모처럼 따를 수도 있을 것 같았다. 아는 사람 단 하나도 없는 전혀 낯선 세계에서 그나마 다행 같았다. 부모님과 똑같이 생긴 사람들을 어쩌면 다시 부모님으로 여기고 살아야 할 수도 있다는 사실이……. 유니는 두렵고 외로워지려던 마음을 떨쳐 냈다.

'그래, 괜찮아. 반드시 돌아가야겠지만, 만에 하나 여기 그대로 남게 되더라도 그럭저럭 살아갈 수 있을 거야. 봐, 작지만 내 방도 있잖아.'

유니는 윤희의 방으로 조심스레 발을 들여 놓았다. 윤희 혼자 쓰는 방은 아닌 모양이었다. 작은 방 안에는 작은 옷장과 침대 두 개, 그리고 책상 두 개가 놓여 있었다. 윤희에겐 여자 형제가 있는 듯했다. '이윤미'. 왼편 책상 위에 던져 놓은 책 표지에 사인펜으로 이름이 적혀 있었다. 아마 그 반대편 책상이 윤희 것 같았다. 윤희의 책꽂이에는 손때 묻은 문학책 몇 권과 과목별 참고서가 빼곡히 꽂혀 있었다. 벽에 붙여 둔 일정표에는 요일별 알바 시간표가 꽉 짜여 있었다. 알바하는 곳이 고깃집 말고도 여러 군데였다.

'열심히 사는 애구나, 이 세계의 윤희는. 남자애 보는 눈은 없어도…….'

어쩌면 윤희가 원해서 사귀는 게 아닐 수 있다는 생각이 유니의 머릿속을 스쳤다. 뒤이어 아까 이향이 했던 말들이 귓가에 맴돌았다.

'널 좋아해서 그러는 거야. 그 정도면 집안도 빵빵하고 남자답고…….'

"개뿔! 남자답기는. 이 세계에서는 그런 남자들도 대우받고 사는 모양이지?"

유니는 생각할수록 화가 났다.

"게다가 고깃집 사장 조카? 어쩌다 그런 집에서 알바를 하게 됐냐. 이윤희 진짜……. 괜히 나까지 골치 아프네. 아아, 배야. 이 세계는 어째 생리통 하나 아직 해결 못 했대? 아아, 배 아파."

유니 세계의 윤희

"정말 맛있네요. 이 고기, 이름이 뭐예요?"

윤희가 눈을 동그랗게 뜨고 말했다. 리안과 선준이 데려온 음식점에서 첫술을 뜬 참이었다. 윤희는 유니 세계의 음식이 입에 맞는 모양이었다. 그 모습을 신기하다는 듯 쳐다보던 리안이 물었다.

"맛있어? 대체육이야. 윤희 네가 있던 세계에서는 아직 진짜 고기를 먹고 있다면서. 그보다는 맛이 못하려나?"

"아니요, 아니에요. 더 맛있어요. 아니, 사실은 잘 모르겠어요. 저는 고기를 굽는 사람이었지 먹는 사람 쪽은 아니었거든요."

말을 마친 윤희가 잠시 침묵에 잠겼다. 상태를 회복한 윤희는 카이와 함께 리안과 선준을 따라다니며 이 세계의 발달한 문명을 이것저것 경험하고 있었다. 선준이 시환과 아무 상관 없는 사람이라는 걸 확인한 뒤로 마음을 놓은 것 같았다. 선준은 윤희가 시환에게 휘둘리기 전에는 밝고 천진한 성격이었을 거라고 짐작했다.

“고기 굽는 알바는 어땠어? 할 만했어?”

선준이 묻자 윤희가 고개를 끄덕끄덕했다.

“그런대로……. 불 옆에서 일하는 거라 조심해야 했어. 그래도 다른 일보다 알바비가 더 되니까…….”

선준은 더 묻기가 뭐해 주저하다 다시 물었다.

“무슨 목표가 있었어? 알바하는 거.”

“부모님 힘만으로는 안 될 것 같아서. 우리 세계는 대학 등록금이 꽤 비싸거든.”

“대학을 안 가면 되잖아.”

선준의 말에 윤희가 희미하게 웃으며 고개를 저었다.

“대학을 나오지 않으면 거기는 많이 불리해. 그래서 다들 대학을 가려고 엄청나게 애를 써. 나도 물론이고…….”

본인이 원하는 만큼, 필요한 대로 교육 기관과 기간을 선택할 수 있는 이곳 세계의 교육 제도에 익숙한 선준으로서는 이해하기 쉽지 않은 얘기였다. 옆에서 듣고 있던 카이가 불쑥 끼어들었다.

"사람들이 별로 재미없게 사는 것 같아, 거기는."

윤희는 얼른 고개를 저었다.

"아니야, 좋은 점도 많아. 좋은 사람도 많고. 내가 괜히 안 좋은 점만 얘기를 했나 보네."

리안과 선준이 빙그레 웃었다.

"어느 세계나 좋은 점이 있지. 문제도 있게 마련이고. 어디든 그 안에 사는 사람들에게는 거기가 제일 편하고 익숙해서 좋을 테고, 다른 세상은 아무래도 생소한 것 투성이라 불편할 테고……."

윤희가 리안 말에 고개를 절레절레 흔들었다.

"아니에요, 여기도 좋아요. 불편하지 않아요. 이렇게 잘해 주시는데 불편하긴요."

리안이 고개를 끄덕이며 다시 웃었다.

그때 음식점 바깥에서 요란한 경보음이 울렸다. 일상이 된 오존 홀 특별 주의보였다. 음식점 안 사람들은 잠시 움찔했지만 곧 태연해졌다. 실내여서 굳이 따로 대피할 필요는 없었다. 윤희는 경보음에 흠칫했다가 옆

테이블 사람들이 주고받는 이야기를 잠깐 듣더니 목소리를 죽이고 선준에게 물었다.

"오존 홀이 뭐야?"

초집중해 먹고 있던 카이가 윤희 말을 듣고 킥 웃었다. 제가 했던 질문을 윤희도 똑같이 했기 때문이다. 카이는 윤희도 저처럼 이 세계를 잘 모르고 있다는 데에 어쩐지 동질감이 들었다.

"하늘에 구멍이 난 거."

선준 말에 윤희가 훗 웃었다. 선준의 표현이 재미있다고 생각해서였다.

"웃을 일이 아닌데. 비유도 아니고. 생사가 오가는 건데."

윤희가 얼른 웃음기를 거두었다. 선준은 윤희를 보며 사람 말을 잘 믿는 순진한 성품의 소유자라고 생각했다. 그래도 카이가 이해 못 했을 때만큼 답답하지는 않았다. 지구가 타격을 덜 입은 세계의 사람이라면 오존 홀을 모를 수도 있을 테니까.

"그 구멍이 심각한 거야?"

윤희가 다시 물었다. 선준이 고개를 끄덕였다.

"굉장히 심각하지. 말 그대로 하늘의 오존층이 뻥 뚫

려 자외선이 살갗에 바로 내리꽂히는 거니까. 우리 부모님이랑 유니 부모님도 그래서 돌아가셨어."

선준 말에 윤희가 미안한 표정을 지었다. 괜한 질문으로 아픈 데를 건드린 것 같아서였다. 선준은 개의치 말라는 듯 어깨를 으쓱했다.

"전에는 극지방에서나 가끔씩 일어났던 현상인데, 이젠 지구 곳곳에서 빈번하게 일어나고 있어. 기후 이상으로 대형 산불이 잦아지다 보니 대기 오존층이 영향을 받는 거지. 얼마 전엔 미국 LA 상공이 뚫렸는데, 세계에 막대한 영향을 미치는 주요 국가의 대표 도시인 데다 인구 밀도도 높은 곳이라 충격이 엄청났어."

선준 말을 리안이 받아 보탰다.

"온난화 문제에 좀 더 빨리 지금처럼 대처했더라면 막을 수 있었을지도 모르지. 오존 홀 문제뿐만 아니라 기후 변화로 일어났던 모든 일도……. 해결하려는 시도가 늦은 만큼 시간은 더 걸리겠지만 어쩌겠어. 그나마 상황이 조금씩 나아지는 중이니까 그래도 다행이지."

윤희가 이해했다는 뜻으로 고개를 끄덕였다. 선준이 다시 말을 받았다.

"대장님 말대로 그래서 지금 전 지구에 에코스피어 정책을 펴고 있는 거야. 생태계 복원 정책 같은 거라고 보면 돼. 그중 하나가 육식을 금지한 거야. 동물 사육도 당연히 금지되었지. 목축업이나 도축업에 종사하던 사람들에게는 다른 일자리를 제공했고."

먹는 데에 집중하느라 듣기만 하던 카이가 고개를 갸웃했다.

"동물을 먹는 게 그렇게 문제가 돼? 옛날에 시타 사람들은 다 사냥해서 먹고살았대. 이 세계라고 다르지 않았을 것 같은데……."

리안이 대답했다.

"이곳도 옛날에는 그랬어. 너희 시타 별과 마찬가지로. 고기를 먹지 않으면 달리 식량을 섭취할 수 없으니 생존이 불가능했어. 근데 그런 과거에는 사람 수가 무척 적었지. 그러니 사냥하는 동물 수도 아주 적었고. 하지만 인구는 계속 늘어났고, 그 많은 사람이 너무 많은 동물을 키우고 잡아먹었어. 생존에 필요한 양 이상으로 말이야. 그렇게 점점 소가 먹을 풀을 키우느라 숲을 없애서 이산화탄소가 쌓이고, 소들이 방출한 메탄이 문제를 더 심각하게 키워 결국 지구를 뜨겁게 만들었어."

카이가 넌더리 난다는 표정을 지었다.

"시타에서는 그런 일은 없었는데……."

윤희도 곰곰 생각하는 표정이었다.

"어쩌면 내가 있던 세계도 앞으로 그렇게 될지 모르겠네. 아직까지는 괜찮지만 거기도 사람들이 고기를 엄청나게 많이 먹거든. 내가 일하는 고깃집만 해도 손님이 얼마나 많은지 몰라."

선준이 생각에 잠긴 얼굴로 윤희 얘기를 듣고는 말했다.

"그렇다면 지금부터라도 얼른 방식을 바꾸어야 해. 우리는 때를 놓쳐 버려서 결국 이렇게까지 힘들게 되돌리려 애쓰고 있잖아."

윤희는 자신이 속했던 세계에 대해 그렇게까지 심각하게 생각해 본 적이 없었다. 리안과 선준 얘기를 듣고 나니 새롭게 느껴지는 게 많았다. 사람들이 어떻게 하느냐에 따라 세상이 더 좋아질 수도, 더 나빠질 수도 있다니……. 자신은 너무 좁은 시야로만 살고 있었던 것 같았다.

"나는 내 코앞만 보면서 살고 있었던 것 같아. 집, 학교, 알바, 집, 학교, 알바……."

윤희는 가족들의 얼굴도 떠올렸다. 그러다 문득 시환을 잊고 있었다는 생각에 마음이 덜컥 불안해졌다. 잠시 잊고 있었다. 아무런 위협을 가하지 않고 자신을 이해하려 애쓰고 돌봐 주려는, 안전한 울타리 같은 사람들 사이에 있다 보니 아예 생각이 나지 않았던 것이다.

'그럴 수도 있다니! 단 한 순간도 마음을 놓을 수 없게 만들던 시환이를 아무 걱정 없이 이렇게 까먹고 있을 수도 있다니…….'

윤희는 걱정이 밀려들면서도 이 순간이 너무 고맙고 믿기지 않을 만큼 좋았다.

윤희가 만감이 교차하는 얼굴로 생각에 잠겨 있는 걸 보고 선준이 슬그머니 농담을 꺼냈다. 얼른 분위기를 바꾸어야 할 것 같아서였다.

"사무실 내 책상 위에 있는 에코스피어 누가 만진 것 같던데, 대장님은 아닐 테고, 혹시 카이 너 아냐? 갖고 싶으면 갖고 싶다고 말을 해."

카이가 어이없다는 표정으로 선준에게 눈을 흘겼다.

"처음 온 날 이후로 사무실에 가 본 적도 없는데, 그걸 어떻게 만져? 그리고 난 그런 장난감에 취미 없거든.

내가 형 같은 줄 알아?"

윤희가 제 생각에서 깨어나 대화에 끼어들었다.

"에코스피어 장난감?"

윤희 질문에 선준이 기다렸다는 듯이 입에 침을 튀겨 가며 설명했다.

"에코스피어 정책이 생태계 복원 정책이라는 말은 아까 했지? 그 기념으로 만든 개념 모형이야. 그 안에 축소판 지구가 들어 있거든."

윤희가 상상이 잘 안되는지 고개를 갸웃거렸다.

"궁금하면 언제라도 보여 줄게. 이참에 쌍둥이 지구까지 발견되어서 지금 에코스피어가 굉장히 큰 상징을 갖게 되었단 말이야. 멀지 않은 우주에서 또 다른 지구형 행성을 발견했다는 건 정말 의미 있는 일이거든. 지구의 문제를 풀어 갈 해법을 찾을 수도 있기 때문이지."

리안이 선준 말에 힘을 실어 주었다.

"그래, 선준이 말이 맞아. 근삿값으로만 언급되던 복수의 지구 가능성이 어쨌든 점점 더 분명해지고 있다는 건 아주 반가운 얘기야. 선준이는 모형으로라도 그 의미를 기리려고 하는 거고."

리안 말에 기가 산 선준이 어깨를 으쓱해 보였다. 윤희가 풋 웃었다.

"저녁도 배불리 먹었고, 말 나온 김에 지부 사무실에 들러 에코스피어 보여 주고 갈까요?"

선준이 리안을 보며 물었다.

"그러든가."

선준과 리안은 윤희와 카이를 데리고 음식점에서 멀지 않은 지부 사무실로 갔다. 근무하던 인원이 다 퇴근한 뒤여서 낮 동안 정신없이 돌아가던 사무실은 고즈넉했다.

윤희는 선준의 책상으로 다가가 수초 사이를 헤엄치는 에코스피어 속 생물들을 한참 들여다보았다. 리안은 안쪽 회의실에 들어가 처리하다 만 서류들을 마저 점검했다.

"여기는 뭐 하는 사무실이야? 에코 플래닛 한국 지부……?"

윤희가 고개를 들고 사무실 현판 글씨를 소리 내어 읽자 선준이 고개를 끄덕였다.

"응, 맞아. 지구연방협의체의 환경 감시 기구인 에코

플래닛의 한국 지부야. 리안 님이 리더고. 리안 님은 시민 지원 조직인 가이아의 딸들을 이끄는 대장이기도 해."

"가이아의 딸들? 그건 또 뭐야?"

윤희는 모르는 게 끝도 없이 나오자 목소리가 자꾸 움츠러들었다.

"일명 아마조네스 행동대야. 힘이 없어 부당한 일을 겪는 사람들을 대신해 싸워 주는, 여성으로만 구성된 전사 집단이지. 불법 벌채나 도축, 밀거래를 하는 환경 범죄자들을 추적하거나 현장을 조사하기도 하고."

윤희는 상상도 못 한 일들이어서 눈이 휘둥그레졌다.

"네가 있던 세계로 간 유니도 가이아의 딸들 행동대원이야. 그날 출동 현장이었던 폐광 갱도에서 뜻하지 않게 너랑 세계가 바뀌는 일이 일어난 거고……."

윤희 눈이 더 커다래졌다.

"아직 성인이 아닌데도 그런 활동을 할 수 있어?"

"18세부터 자격이 있거든. 아, 너도 유니랑 나랑 동갑이니 가능하겠다. 관심 있어?"

선준의 말에 당황해 윤희가 얼굴을 붉혔다.

"아아, 나, 나는……."

선준도 괜한 말을 한 것 같아 머쓱하게 웃었다.

"그냥 해 본 얘기야. 미안."

남은 업무 처리를 마치고 리안이 회의실 밖으로 나왔다.

"이제 귀가들 해야지. 선준이는 카이 잘 데리고 들어가고, 윤희도 이제 집에 가서 쉬자."

"형이 데리고 가지 않아도 이제 저도 잘 찾아가요."

카이가 선준 집이 제 집인 양 넉살 좋게 말했다. 선준은 눈을 흘기고 리안과 윤희는 후후 웃었다. 윤희는 당분간 리안 집에 있는 유니 방을 그대로 쓰기로 한 터라 자연스레 리안과 동행했다.

가이아의 딸들

윤희를 데리고 집에 들어선 리안은 두 팔을 활개 치며 마음껏 기지개부터 켰다.

"집이 역시 최고다!"

리안과 유니가 함께 사는 집은 넓지는 않아도 청결하고 편안했다. 집보다는 바깥에서 활동하고 머무는 시간이 훨씬 많은 사람들답게 생활용품도 필요한 것 중심으로 효율적으로 갖춰져 있었다. 특이한 건 거실 한편을 차지하고 있는 체력 훈련 기구들과 현관 옆에 놓인 신체 강화복 두 벌이었다. 이 집에 처음 왔을 때는 너무 혼이 나간 채여서 제대로 보지 못했던 물건들이었다. 윤희 눈길이 그리로 가자 리안이 대수롭지 않게 말했다.

"체력이 기본이거든. 무슨 일이든 그렇지만 우리 일에

는 특히 중요해서."

윤희는 다가가 신체 강화복을 조심스레 만져 보았다. 어떤 재질로 만든 건지 알 수는 없었으나 무척 견고하고 착용감이 좋아 보였다. 관절 부위는 특히 부드럽고 튼튼해서 착용자를 안전하게 잘 보호해 줄 것 같았다.

"인체 공학, 컴퓨터 공학의 최고 기술을 동원해서 만든 지능형 활동복이야. 우리한테는 직무 수행복인 셈이지. 보기엔 그저 그래 보여도 그거 입으면 아무리 달려도 숨 안 차고 웬만히 높은 산도 단숨에 뛰어오를 수 있어. 어지간히 힘센 상대도 가볍게 제압할 수 있고."

윤희 입에서 감탄이 절로 났다.

"와아…… 대단하네요. 신기해요. 이런 옷이 세상에 다 있다니……."

리안이 빙긋 웃었다.

"과학기술이 발달해 좋아진 것도 있는 거지. 대기 환경은 잘 못 지켜서 지금처럼 고생하고 있지만……."

윤희가 이해하고 고개를 끄덕였다.

"한번 입어 볼래?"

"네? 그래도 돼요?"

"입어 봐야 내 말이 실감 나지. 이 정도는 유니도 이해할 거야. 자, 발 올려 봐."

윤희는 강화복을 입은 제 몸을 신기하다는 듯 이리저리 살펴보다가 거울 앞으로 달려가 한참 동안 제 모습을 비춰 보았다. 윤희를 바라보던 리안은 순간 울컥했다. 눈앞에 윤희가 아닌 유니가 있는 것 같아서였다.

'저 애가 그냥 유니라면 얼마나 좋을까. 우리에게 아무 일도 없었고, 모든 게 그대로라면……. 유니는 지금 괜찮은 건지…….'

세상을 떠나며 자신의 딸을 부탁한 선배, 유니 엄마가 생각나 리안은 마음이 무거웠다. 유니를 잘 돌보겠다고, 걱정하지 말라고 약속했던 걸 지키지 못하고 있어서였다. 리안의 표정이 어두워진 걸 보고 윤희가 어색해하며 강화복을 벗으려 했다. 리안은 얼른 표정을 풀었다.

"테스트도 해 봐야지. 자, 나를 한번 들어 올려 볼래? 바닥에 메다꽂지는 말고."

윤희가 킥 웃었다.

"설마요."

"아냐, 충분히 그럴 수도 있어."

윤희는 반신반의하며 리안 허리에 두 손을 넣어 들어 올렸다. 힘을 주지 않았는데도 리안이 공기 인형처럼 번쩍 들려 올라갔다.

"우와! 신기해요! 어떻게 이럴 수가 있어요?"

윤희는 신기하다는 말을 지금 몇 번째 하고 있었다.

"어때? 이게 왜 신체 강화복인지 조금 실감했어?"

윤희가 바로 고개를 끄덕였다.

"네. 이 강화복만 있으면 어떤 것도 무섭지 않을 것 같아요. 정말 좋네요……."

윤희 얼굴에 복잡한 표정이 스쳐 갔다. 시환에게 시달렸던 게 생각나서였다. 욕설과 주먹과……. 처음부터 그랬던 건 아니었다. 자신을 소유물처럼 여기고 무례하게 대하는 태도에 윤희가 실망감을 나타내자 그때부터 더 집착하며 폭력을 쓰기 시작했다. 윤희는 시환과 헤어지고 싶었지만 그 말을 입 밖으로 꺼낼 수 없었다. 자신의 생활 반경을 속속들이 알고 있는 시환이 어떻게 나올지 두려워서였다. 누군가에게 말을 꺼내기도 쉽지 않았다. 자신을 너무 한심하고 어리석게 여길까 봐……. 윤희는 시환의 비위를 맞춰 주는 게 최선이라고 생각했다.

‘나한테도 이런 게 있었다면 그냥 당하고만 있지는 않았을 텐데……. 그런 놈 정도는 겁내지 않고 할 말 하고, 손도 못 대게 했을 텐데…….’

리안이 윤희의 감정을 눈치채고 말했다.

“이제 내려 줘. 이러다 정말 메다꽂힐까 봐 걱정된다구.”

윤희가 얼른 복잡한 생각을 털어 내고 리안을 내려놓았다.

“살짝 고민하긴 했어요, 힛.”

“이제 농담도 할 줄 알고! 고단하겠다. 어서 씻고 쉬어.”

윤희는 리안에게 잘 자라고 인사한 뒤 유니의 방으로 들어왔다. 이제는 이 방도 눈에 익어 처음보다는 마음이 한결 편안했다. 아마조네스 행동대 전사라고는 해도 유니 또한 10대 소녀이긴 마찬가지였다. 방은 유니만의 분위기로 아기자기하게 꾸며져 있었다.

‘유니는 좋은 집에서 좋은 사람과 사는구나! 부럽다!’

하지만 유니가 오존 홀로 부모를 잃고 리안을 이모라고 부르며 엄마처럼 의지하고 살고 있었다는 데에 생각이 미치자 그런 마음을 먹은 게 조금 미안해졌다. 자신에게는 그래도 건강한 부모님과 살가운 동생이 있지 않은가.

가족들 생각을 하자 윤희는 마음이 착잡해졌다. 거기는 지금 어떤 상황인지, 유니가 자신의 역할을 하고 있는 건지, 자신과 전혀 다른 인물이라는 걸 누군가 눈치채지는 않았을지……. 부모님은 일이 바빠 이상한 낌새를 알아채지 못할 수 있지만 한방을 쓰는 동생 윤미는 촉이 예민한 애라 들통나기 쉬울 텐데, 틀림없이 뭔가 이상하다는 걸 느낄 텐데……. 유니는 고기를 전혀 먹지 않는 세계에서 태어나 자랐으니 고깃집 알바도 쉽지 않을 텐데, 성질 만만치 않은 사장님 잔소리 피하기도 쉽지 않을 테고……. 아니, 여기서 아마조네스 행동대원을 하고 있었다니 도리어 못 참고 대들어 더 문제를 일으키고 있는 건 아닐까? 가이아의 딸들은 약한 사람을 도와 같이 싸워 주기도 한다니 시환이 같은 애를 그냥 안 두려고 할 텐데 진짜 맞서 싸우다가 자칫 다치기라도 하는 건 아닌지…….

윤희는 온갖 걱정이 밀려들면서 마음이 초조해졌다. 여기서 이렇게 여유를 부릴 때가 아닌 것 같았다. 상황에 내맡기고 되는대로 따라가면 된다고 여길 게 아니었다. 언제까지 남들 손에 자신을 내맡긴 채 그대로 있어서는 안 될 것 같았다.

윤희는 잠을 쉬 이루지 못하고 유니의 침대에 앉은 채 한참 동안 깊은 생각에 잠겼다.

윤희 세계의 유니 3

"어? 언니가 이 시간에 집에 있고…… 웬일이야? 알바 안 갔어?"

윤희 책상 앞에 서 있던 유니는 별안간 뒤에서 들리는 목소리에 화들짝 놀라 들고 있던 책을 떨어뜨렸다. 돌아보니 두세 살쯤 어려 보이는 여자애가 외투 차림으로 방문 앞에 서 있었다. 윤희와 한방을 쓰는 여동생 같았다.

"어? 어어."

유니는 왼쪽 책상 위에서 본 이름을 얼른 기억해 냈다.

"윤미 왔니?"

윤미는 가방을 벗어 제 책상 의자에 던지다시피 내려놓더니 외투와 아래위 겉옷, 양말까지 차례차례 벗어 던졌다.

"이래서 난 겨울이 싫어. 입고 또 입고……. 아아, 이제 살 거 같네!"

남 앞에서 그렇게 허물없이 옷을 벗어 본 적이 없는 유니는 당황한 티를 내지 않으려 애쓰며 어색한 웃음을 지었다.

"언니 오늘 그러고 밖에 나갔다 왔어?"

유니는 최대한 자연스럽게 고개를 끄덕였다. 그러자 윤미가 의외라는 표정을 지으며 말했다.

"웬일이야? 시환이 자식이 맨얼굴로 나오지 말라고 어지간히 닦달한다더니 이제 그건 너그럽게 봐주겠대?"

유니는 어떤 말을 꺼내야 할지 알 수 없었다. 그런 유니를 골똘히 보던 윤미가 답답하다는 듯 물었다.

"정말 언제까지 그렇게 끌려다닐 거야? 그 자식 안 떼어 내면 언니 인생 진창에 빠져. 대학 간다고 벗어날 수 있을 것 같아?"

윤미 말을 들으니 상황을 조금 알 것 같았다. 유니도 100퍼센트 동감하는 말이었다. 윤미는 할 말을 쏟아 놓다가 멈추고는 정색하며 윤희를 바라보았다.

"사실 언니도 헤어지고 싶지? 말해 본 적은 있어? 아니면 혹시……."

윤미는 시환이 손찌검을 한 적 있냐고 묻고 싶었지만 언니 자존심을 생각해 차마 말 못 하고 삼키는 것 같았다. 유니가 반응이 없자 윤미가 덥석 유니의 손을 잡았다.

"언니, 안 되겠다. 그러지 말고 어디 멀리 가서 살아라. 아무도 언니 함부로 못 하는 그런 데로……. 엄마 아빠는 내가 다 이해시킬게."

다른 세계. 윤희는 이미 윤미가 바라는 대로 다른 세계에 가 있다. 시환이 절대 쫓아갈 수 없는 곳이다. 그렇다면 윤희에게는 차라리 잘된 일인가. 내심 바라던 바였을까.

'그 진창에 내가 빠진 거고?'

유니는 마음이 착잡해 윤미 말이 귀에 잘 들어오지 않았다.

"이거나 먹어."

윤희는 벗어 던져 놓았던 외투 주머니에서 뭔가를 꺼내 부스럭거리며 유니에게 내밀었다. 물고기 모양 빵 안에 단팥 소를 넣은 간식이었다. 유니는 고개를 절레절레 저었다. 밤에는 이런 고칼로리 음식을 먹지 않았다. 더구나 길거리에서 사 온 게 분명해 보이는 이런 군것질거리는 거의 먹어 본 적이 없었다.

"아니, 난 됐어."

유니가 애매하게 웃으며 거절하자 윤희 눈이 동그래졌다.

"웬일이야? 우리 학교 앞 붕어빵이 제일 맛있다면서 사 와 달라고 맨날 조르던 사람이."

유니는 그제야 아차 했다. 잠시 방심했다. 자신도 모르게 본래 생활 습관대로 말했던 것이다.

"아아, 그냥 오늘은 속이 좀 거북해서……."

어색하게 무마했지만 유니 얼굴에는 당황한 기색이 역력했다. 윤미는 알겠다며 방긋 웃고는 붕어빵 세 개를 혼자 다 먹었다. 유니는 생리통 핑계를 대고 침대로 들어갔다.

"안 씻어?"

"배가 아파서 먼저 좀 잘게."

윤미가 돌아보며 고개를 끄덕였다.

몇 시간이 지났을까. 유니는 몸이 옥죄는 느낌에 잠에서 깼다. 무언가가 정말 몸을 옥죄고 있었고 누군가가 어둠 속에서 유니를 노려보고 있었다.

"헉!"

"이제야 깼어? 일어나 보시지."

윤미 목소리였다. 유니는 당황해 몸을 벌떡 일으키려 했다. 하지만 생각과 달리 몸을 일으킬 수가 없었다. 굽어보니 몸에 이불이 둘린 채 묶여 있었다.

"뭐, 뭐야, 이게?"

윤미가 어둠 속에서 목소리에 힘을 주며 물었다.

"너 누구야? 우리 언니 아니지?"

유니는 잠이 확 달아났다. 두세 살 어린 데다 윤희 동생이라 너무 경계심 없이 대했던 게 문제였다.

"솔직히 말해. 우리 언니 어떻게 했어? 너 사람 맞아?"

'이건 또 무슨 소리지…….'

"내가 영화는 좀 보는 편이어서 말이야. 딱 이런 설정 영화 본 적 있거든. 남의 신체 훔쳐서 그 사람 행세하는 외계인들이 지구에 출몰하는 거."

윤희 동생이 윤희와는 사뭇 다르다는 느낌이 들었는데 영화 덕후일 줄이야. 유니는 할 말을 잃고 말았다.

"전혀 다른 인격이 된 주인공을 아무도 몰라봐. 하지만 키우던 강아지는 그 정체를 알아채고 가까이 다가가지 않지. 외계인은 들통날 것 같으니까 그 강아지를 없애 버려. 나도 혹시 모르니까 먼저 손을 쓴 거야. 솔직히 말해. 네 정체가 뭐야?"

윤미는 상상력이 너무 좋아서 문제인 아이였다. 유니는 한숨이 나왔다. 세상 겁나는 것 없던 가이아의 딸, 아마조네스 행동대의 전사 이유니가 어쩌다 이런 이상한 세계에 오게 된 것일까. 게다가 한밤중에 이런 쪼그만 여자애에게 결박당하고 이런 추궁까지 받아야 하는 처지가 되었단 말인가.

터무니없는 얘기를 계속 듣고만 있을 수는 없었다.

"불부터 좀 켜 볼래? 내 정체를 보여 주려는데 너무 어두워서……."

윤미가 긴장을 풀지 않은 채 불을 켰다.

"나까지 어떻게 할 생각은 버리는 게 좋아. 이래 봬도 나는 호신술을 좀 하거든."

유니는 한편으론 윤미가 귀엽다는 생각을 하며 순순히 수긍해 주었다.

"그래, 알았어. 근데 내가 네 언니가 아닌 건 어떻게 눈치챘어?"

심증이 확증되자 윤미 얼굴에 상반된 감정이 동시에

어렸다. 제 눈은 못 속인다는, '거 보라지' 하는 자부심과 언니 신체 속에 뭐가 깃들었을지 모른다는 미지에 대한 공포였다. 큰소리는 쳤지만 윤미는 호신술이라면 영화를 보며 동작을 몇 번 따라 해 본 게 다였다. 실제 상황에서 위험한 상대와 마주해 본 적은 한 번도 없었다.

말뿐인 윤미의 허술한 방어 능력이 눈에 다 보였지만 유니는 그래도 기꺼이 윤미를 존중해 주고 싶었다. 힘으로 속박하고 지배하는 상대에게 시달려 나약하고 무기력해진 제 언니를 지키려고 애쓰는 모습이 대견해서였다.

"어떻게 알았냐고? 한방을 쓰는 동생이 그걸 모를 것 같아? 일단 우리 언니는 나를 윤미라고 안 불러. 깡순이라고 별명으로 부르지. 내가 잔소리하면 또 깡깡댄다고 안 듣고 싶어 하고. 그리고 언니는 붕어빵을 거절하는 법이 절대 없어. 컨디션 별로거나 기분 꿀꿀할 때 붕어빵으로 푸는 사람이야. 또 안 씻고 침대에 들어간다는 건 언니 사전에 있을 수 없는 행동이야. 내가 그러려고 할 때도 끌어내서 기어코 씻고 자게 하는 사람이거든. 내 앞에 있는 너는 절대 우리 언니일 수가 없어."

유니는 윤미 말에 감탄하지 않을 수 없었다. '그렇게

세세하고 정밀하게 서로를 아는 사이구나, 자매란!' 윤미 말을 듣고 보니 유니 자신은 윤희와 외모 말고는 하나도 닮은 점이 없었다. 적당히 윤희인 척 위기를 넘기려고 했다는 것 자체가 어불성설이었다.

"그래, 그래. 정말 그러네."

유니가 제 말에 연신 고개만 끄덕이자 윤미는 살짝 기분이 나빠진 얼굴이었다. 공포마저 느끼며 심각해 있는 자신에 비해 추궁당하는 유니의 태도가 너무 담담해서였다.

"뭐야, 이 시추에이션은……."

언짢아진 윤미가 예상치 않은 도발을 할 수도 있다는 생각에 유니는 더 숨기지 않는 게 좋을 것 같아 진실을 모두 털어놓았다.

"다 얘기할게. 네 말이 맞아. 나는 네 언니가 아니야. 내 이름은 이유니고, 나는 다른 세계에서 왔어. 그렇지만 외계인은 아니야. 나는 엄연히 신체를 가진 진짜 사람이고, 갑작스런 일로 네 언니와 살던 세계가 맞바뀐 것뿐이야. 평행 세계라는 말 혹시 들어 봤어?"

유니 얘기를 듣던 윤미 눈이 점점 더 커졌다.

선준과 카이

“쌍둥이 지구가 나타났다는 데가 저기쯤이야?”

카이가 선준 방에 있던 학생용 망원경으로 밤하늘을 올려다보며 중얼거렸다.

“그걸로는 안 보여.”

선준이 컴퓨터 책상 앞에 앉아 부지런히 검색하며 대꾸했다.

“그래도 대략 방향은 알 거 아냐.”

“그렇게 손으로 가리켜서 맞출 수 있는 게 아니라니까.”

“쳇. 눈으로 볼 수도 없는데 발견은 무슨 발견이야. 그렇게 치면 우리 시타가 더 확실하겠다. 엄연한 실체를 이 몸이 증명해 줄 수 있잖아.”

카이 말도 나름 일리가 있었다. 우리 은하 바깥에서 관측된 쌍둥이 지구는 여전히 인간의 물리적 접근 능력 너머의 세계였다. 테스 망원경을 수십 배나 발전시킨 우주 망원경이 지구와 꼭 닮은 푸른 별을 포착해 보여 주었지만 일부 전문가를 제외하고는 그 사실을 잘 실감하지 못했다. 그저 그 발견을 통해 이 세계에 새로운 국면이 펼쳐지고 지구에 닥친 위기도 돌파할 수 있지 않을까 하는 기대감을 품어 볼 뿐이었다. 아직 생태계가 온전하거나, 기후 문제를 이미 해결하고 새로운 세기를 맞은 지구였으면 하는 기대를 말이다.

"만약 쌍둥이 지구에 도달할 가능성이 있고 형더러 둘 중에 선택해서 살라면 형은 어느 쪽을 택할 거야?"

엉뚱한 질문이었지만 선준에게는 신선하게 다가왔다. 주어진 현실의 일에 최선을 다하는 걸 중요시하던 선준으로서는 여기 아닌 다른 세계를 생각하기가 쉽지 않았다. 그런 생각에 빠져 있는 건 괜한 시간 낭비 같았다. 그런데 지금은 바라지 않아도 생각해야 할 때였다. 당장 유니 문제부터가 그랬다. 윤희의 세계에 가 있는 유니가 어떻게 해야 돌아올 수 있을지 방법을 찾아야 했다. 윤희는 자기 세계로 돌아가고 싶은 마음이 크지 않아 보이지만 유니가 돌아오려면 어쩔 수 없이 가야만 한다. 만약 자신도 두 세계 중 한 곳을 선택할 수 있다면……?

"글쎄…… 생각 안 해 봤어. 지금부터 해 봐야겠네."

"에이, 대답이 재미없어."

카이는 다시 밤하늘로 눈을 돌렸다. 학생용 망원경인데도 뭐가 계속 볼 게 있는지 하늘을 보며 연신 혼잣말을 중얼거렸다.

"시타가 그렇게 작은가. 틀림없이 저쯤에 있을 텐데. 이게 조금만 더 고성능이었으면 보였을걸……. 에이, 아쉽네."

선준도 다시 검색에 몰두하며 고개도 돌리지 않고 말했다.

"그걸로는 태양계 행성들도 또렷하게 관측이 안 돼."

"그래도 혹시 알아? 번쩍하고 눈에 띌지……."

선준이 검색하던 손길을 멈추고 진지하게 물었다.

"네 별로 돌아가고 싶구나? 방법을 찾고 있는 거야?"

카이가 잠시 생각해 보더니 고개를 저었다.

"아니, 돌아가고 싶지는 않아. 그냥 생각이 나는 것뿐이야. 어쨌든 고향이니까."

"돌아가고 싶지 않다고?"

그것도 의외의 대답이었다.

"가 봐야 괴로운 기억만 자꾸 떠오를 텐데 뭐. 놈들에게 엄마가 목숨을 잃은 그날이 생각나고……."

선준은 괜한 질문을 한 것 같아 미안해졌다.

"돌아가면 고달플 거야. 놈들에게 이래저래 시달릴 거 아냐."

생각해 보니 충분히 짐작 가는 일이었다. 카이가 무거워지려는 분위기를 털어 내듯 말했다.

"무엇보다 난 여기가 좋아. 엄마 닮은 사람도 있지, 이렇게 편안한 숙소도 있지, 얼마나 좋아. 돌아갈 이유가 없어. 난 영원히 여기서 살 거야."

선준은 카이 말에 진심이 담긴 걸 알면서도 밉살맞아 한마디를 안 할 수 없었다.

"야, 누가 살게 해 준대? 뻔뻔한 빈대 같으니라고."

카이는 못 들은 척 더 능청을 떨었다.

"시타엔 없던 형까지 생겼잖아. 그러니 더 좋지. 아, 형. 우리 야식 어때? 냉장고에서 뭐 좀 찾아 볼까? 참, 리안

님이 걱정 말고 맘껏 먹으랬는데, 형도 그 소리 들었지?"

"뭐? 으이그, 내가 말을 말아야지."

"헤헤."

얄밉게 구는 것 같아도 정말로 미워할 수는 없는 아이였다. 카이는 냉장고에서 선준이 비축해 두었던 치즈와 통곡물 크래커를 꺼내 와 야금야금 먹기 시작했다. 선준에게도 연신 권하다가 카이가 물었다.

"근데 형, 형은 언제부터 이런 일을 했어?"

"3년 전. 부모님 돌아가신 뒤부터."

"아……."

"얘기했던가. 유니도 나도 한반도 상공에 오존 홀이 뚫렸을 때 부모님이 돌아가셨다고……. 그때부터 대장님이 우리를 돌봐 주었고, 우리도 대장님이 하는 일을 자연스럽게 함께 해 왔어."

"부모님이 그렇게 돌아가셨다니 형으로선 꼭 해야 할 일이었겠구나."

"꼭 그 때문만은 아니지만 사명감을 느끼고는 있지."

선준이 담담하게 말했다. 3년은 길다고 할 순 없지만 옳다고 생각한 일들을 실천에 옮기며 살기에 적지만은 않은 시간이었다. 카이가 생각을 이어 가다 막히는지 다시 얘기를 꺼냈다.

"근데 나는 아무리 생각해 봐도 여전히 이해가 안 돼. 대체 소들이 먹으면 얼마나 먹는다고 이 지구에 있던 숲을 다 없앴단 말이야? 거기에다 소 먹일 풀을 따로 키우고? 그리고 걔들이 뭘 잘못했다고 오존 홀 얘기만 나오면 걔들 탓을 해?"

선준이 씁쓸하게 웃었다.

"아마존 밀림이 파괴된 원인이 전적으로 축산업 때문이라면 실감이 나겠어? 축산업에서 배출한 메탄과 아산화질소가 지구온난화에 미친 영향은 이산화탄소의 수백 배나 돼. 축산업에 쓰인 땅 크기가 지구 땅 표면의 절반에 육박했다면 어떤 느낌이 들어? 물은 또 얼마나 많이 썼을 것 같아? 이 세상의 먹을 수 있는 물 절반 이상이 목축업에 쓰였어."

믿기지 않는다는 듯 카이의 입이 벌어졌다. 선준이 계속해서 말을 이었다.

"가축 배설물 문제도 장난이 아니었지. 폐기물로 처리하지 않고 그냥 바다로 다 흘려보냈으니까."

"으윽……."

"축산업에서 배출한 가축 배설물에는 질소 성분이 많은데, 이게 강과 바다로 대부분 흘러들어 심각한 해양 수질 오염을 일으켰어. 질소로 가득 찬 죽음의 바다에서 생명체는 더 이상 살 수 없게 되었고."

평소의 선준답지 않게 목소리가 점점 격해졌다.

"인류가 기른 곡식 절반을 동물 먹이로 주느라 지구의 다른 한쪽에서는 10억 명이 매일 굶주리고 있었어. 콩은 사실상 거의 다 사료로 썼고……. 그게 말이 돼?"

선준은 생각할수록 분통이 터져 좀처럼 말을 멈출 수 없었다.

"사람들이 그 정도로 많은 동물을 키우고 잡아먹었다는 얘기야. 소도 돼지도 잘못이 없어. 오로지 인간들이 먹고 또 먹고……. 끝없이 고기를 먹어 댔기 때문이야. 식탐에 눈이 어두워 화를 자초한 거야. 앞날을 생각않고 다 망쳐 놓은 거지."

카이는 선준의 절망 어린 얘기를 잠자코 들어 주었다. '망친 세계를 되돌리는 건 얼마나 힘든 일일까. 가능하긴 한 걸까. 이 세계에서 100년에 걸쳐 시행하고 있다는 에코스피어 정책은 정말 효과가 있을까.' 카이는 시타가 우주에서 가장 불행해진 행성이라고 생각했었다. 그래서 어디로든 탈출할 수만 있다면 결코 돌아가지 않겠다고 결심했었다. 하지만 선준에게는 이 지구가 어쩌면 그만큼 불행한 세계일지도 몰랐다.

밤하늘에서 빛 한 점이 반짝하고 명멸했다 사라졌다. 어느 별이 운명을 다하고 스러진 모양이었다. 카이는 그 별이 마지막 안간힘을 쓰듯 초신성으로 찬란하게 불타오르고 장렬하게 죽음을 맞았을 거라고 생각했다.

카이와 선준은 각자 생각에 잠겨 오래도록 먼 밤하늘만 묵묵히 바라보았다.

윤희의 선택

다음 날 아침 선준이 출근하자마자 가이아의 딸들 행동대원 하나가 사무실로 급히 들어왔다.

"대장님 계셔?"

선준이 자세를 가다듬고 대답했다.

"네, 안에 계십니다."

안쪽 회의실로 들어간 대원은 한참 동안 리안과 얘기를 나눈 뒤 돌아갔다. 회의실 밖으로 나온 리안의 표정이 굳어 있었다. 선준과 사무실 업무를 보던 지부원들이 모두 걱정스레 리안을 바라보았다.

"무슨 일이에요?"

선준이 조심스레 묻자 리안이 잠시 생각한 뒤 말했다.

"기자들이 냄새를 맡은 것 같아. 탄주 갱도에서 심상

치 않은 일이 있었다는 걸…….”

“어떻게 알았을까요? 유니 겉모습은 바뀐 게 없으니 다른 사람들은 눈치 못 챘을 텐데.”

“그렇게 깊은 갱도에 사람이 빠졌는데 아무 데도 안 다치고 멀쩡했다는 게 이상했겠지. 그 얘기를 못 들었을 리가 없고.”

“기자들 감이 과연 빠르긴 하네요.”

“감탄하고 있을 때가 아니야. 기자들이 몰려들면 우리는 아무것도 손쓸 수 없게 돼. 전 세계 이목이 집중될 테고, 학계 역시 발칵 뒤집힐 테니까. 속수무책이 된다고. 두 세계도 엄청난 혼란에 빠질 테고.”

“들키기 전에 얼른 문제를 해결해야겠네요.”

“그래, 시간이 별로 없어. 나는 바로 기자회견 준비부터 해야 할 것 같아. 그 전에 유니를 얼른 데려와야 하는데, 윤희도 원래 세계로 돌아가게 해 주고……. 서둘러 방법을 찾지 않으면 영영 못 돌려놓을 수도 있어. 정말 큰일이네.”

선준의 표정도 무거워졌다.

“걱정이에요. 유니도 지금 그쪽 세계 사람들하고 같

이 있을 텐데……. 혹시 윤희를 괴롭히던 남자애랑 같이 있으면 어쩌죠?"

리안이 한숨을 후 내쉬었다.

"그렇다면 정말 큰일인데……. 여기에서라면 유니 실력으로 얼마든지 대처할 수 있겠지만, 저렇게 여리고 약한 윤희를 보면 저쪽 세계에서는……."

"유니가 위험할 수도 있겠어요. 시환이라는 남자애가 무슨 짓을 할지 몰라요. 유니를 어서 데려와야 해요."

"하지만 어떻게……?"

두 사람은 그만 말문이 막혔다. '대체 무슨 수로?' 마음만 다급했다. 리안과 선준은 막막한 얼굴로 서로를 바라보았다. 선준이 잠시 망설이다 말했다.

"이건 그냥 제 생각인데요, 윤희가 탄주 갱도로 다시 들어가 보면 어떨까요? 유니도 거기 들어갔다가 다른 세계로 간 거라서……. 혹시 거기가 두 세계를 연결하는 통로라면 이번에도 가능성이 있지 않을까요?"

선준의 말을 들으며 리안도 곰곰이 생각에 잠겼다.

"탄주 수직갱에 희망을 걸어 보자는 거지?"

"깊은 탄광은 우주 방사선의 방해를 덜 받는 데라 암

흑 물질과 암흑 에너지 연구가 많이 이루어지고 있다면서요. 탄주 탄광도 폐광인 채로 100년이나 방치되어 있었으니 그 안에 우리가 알지 못하는 물질과 에너지가 새로 생겨나 가득 차 있을 수도 있어요. 그 때문에 파동 교환이 일어났을 수도 있고요. 학계에서 곧 밝혀내겠지만…….”

“유니가 사라지고 윤희가 나타난 걸 보면, 네 말처럼 탄주 수직갱에서 두 세계가 어떤 원리로든 파동 교환을 하는 건 맞는 것 같아. 서로 이어져 있고. 누구에게나 그게 가능한지는 모르겠지만 유니와 윤희에게는 틀림없이 일어났던 일이니까, 다시 한번 시도해 보는 게 의미 없지는 않겠어. 그쪽 세계에서 이쪽 세계로 돌아올 방법을 찾기는 쉽지 않을 것 같으니 이쪽에서 시도해야겠지.”

“네, 제 생각도 그래요.”

“그런데, 윤희가 그러려고 할까? 돌아가고 싶은 마음이 별로 없어 보여서……. 동의할지 모르겠어. 윤희가 동의하고 적극적으로 나서 주지 않으면 성공 여부를 떠나 시도부터 불가능해.”

"윤희와 얘기를 해 보는 게 어때요?"

"그래야 할 텐데, 솔직히 그 애가 실망할 걸 생각하니……."

윤희는 리안과 선준이 아까부터 할 말을 못 하고 머뭇거리는 걸 알아보았다. 처리할 일이 많을 텐데 일찍 귀가한 리안도, 함께 따라온 선준도 긴장을 풀지 못하는 얼굴이었다. 저 혼자 유니의 신체 강화복을 입어 보고 근력 테스트도 해 보았다며 한 차례 신나게 얘기하던 윤희는 말을 멈추고 두 사람을 가만히 바라보았다.

"저한테 할 얘기가 있는 거죠?"

리안이 하는 수 없이 입을 열었다.

"윤희야, 우리는 네 도움이 필요해. 유니를 이리로 데려와야 하거든."

윤희가 고개를 끄덕이며 대답했다.

"알아요."

"유니는 지금 윤희 네가 있던 곳에서 네 모습을 하고 있을 거야. 곤경에 처해 있을 수도 있어. 가능성이 0이 아닌 한 우리는 시도해 봐야 해."

윤희는 리안의 말뜻을 잠시 생각하더니 얼굴이 어두워졌다.

"그러려면 제가 여기에 없어야 하는 거군요."

윤희가 그대로 입을 닫았다. 선준이 리안의 팔을 넌지시 잡았다.

"잠시만요."

윤희에게 양해를 구하고 두 사람은 리안의 방으로 자리로 옮겼다.

"윤희가 저희 예상보다 돌아가기를 훨씬 더 겁내고 있는 것 같아요. 위협이 되는 사람이 있는 세계니까 그럴 수밖에 없을 것 같고요. 뭔가 다른 방안을 찾아 봐야겠어요."

"그런 곳에 지금 유니가 있는 건 걱정 안 돼? 유니도 지금 위태로운 상황일 수 있어."

"물론이에요. 그래서……."

"그래서?"

선준이 다시 한번 생각을 다잡은 뒤 입을 열었다. 혼자서 계속 고민했던 결과였다.

"제가 윤희랑 같이 갈게요."

"뭐? 그게 무슨 어이없는 소리야?"

"어이없는 소리 아니고요. 생각해 봤는데, 저는 우리보다 발달이 늦은 그쪽 세계에 관심이 많이 가거든요. 문제가 많지만 우리처럼 늦기 전에 바로잡을 시간이 아직 남아 있는 것 같아서요. 연구해 보고 싶은 것도 많고요. 제가 그리로 넘어가면 그 남자애는 어쩔 수 없이 이쪽으로 오게 될 거 아녜요. 그러면 끝나는 거죠. 여기서야 그런 남자애 하나 정신 번쩍 나게 만드는 건 일도 아니니까요."

아예 말이 안 되는 건 아니었다. '하지만 과연 정말로 가능할까.' 리안은 선준까지 그쪽으로 가겠다는 데에는 선뜻 동의하기가 어려웠다.

"수직갱에 암흑 물질과 암흑 에너지가 얼마나 차 있는지는 알 수가 없어. 그게 정확히 어떤 성질을 가졌고 무슨 일을 할 수 있는지도. 다른 세계와 파동이 연결되었다는 것도 우리 짐작일 뿐이지."

선준은 리안이 마음을 놓지 못하는 이유를 알고 있었다.

"두 세계가 정말로 결맞음을 이룬다는 보장이 없긴

하죠. 유니와 윤희의 파동 교환이 한 번 더 가능한 건지도 확실히 알 수 없고……."

"유니와 윤희는 일단 확인됐던 거니까 좀 더 가능성이 있다고 보고. 근데 거기에 너와 그 남자애까지 보태면 어떻게 될지. 또 만약 너는 못 가고 윤희만 다시 그 세계로 간다면……."

그러면 원점이라는 결론이 나온다. 선준은 선뜻 대답하지 못했다. 윤희가 다시 시환이 있는 지옥으로 가는 거니까. 그때였다.

"그래도 시도해 볼래요."

어느 틈에 윤희가 가까이 다가와 뒤에서 듣고 있었다.

"여기서 유니라는 사람의 존재, 또 선준이가 사는 모습 보면서 저도 많이 생각해 봤어요. 만약 혼자 돌아가더라도 다르게 살려고 노력할 거예요. 문제를 해결할 방법도 찾을 거고요. 예전처럼 살지는 않을 거예요."

리안과 선준이 뭔가 말하려 했지만 윤희가 단호하게 틈을 막았다.

"알아요, 쉽지 않다는 거. 여전히 두려운 것도 사실이고요. 그래도 부딪쳐 보고 싶어요. 유니가 안전하지 않은 곳에 있는 걸 바라지 않아요."

선준이 말을 보탰다.

"그래. 무슨 방법이든 일단 써 보자. 대장님도 가능성이 0이 아닌 한 시도해 봐야 한다고 했으니까."

두 사람 말을 듣고 생각에 잠겨 있던 리안이 천천히 고개를 끄덕이며 선준을 바라보았다.

"필요한 연구며 하고 싶은 일을 모두 끝내면 선준이 넌 분명히 돌아오는 거지? 그 남자애는 사고 구조 확 바뀐 새 사람을 만들어 돌려보내고 말이야."

"윤희에게 나중에 응징할 기회를 줘도 좋겠죠."

"그래, 그것도 좋아."

선준의 말에 윤희가 웃으며 대답했다. 처음 보았던 모습과는 사뭇 달라진 모습이었다. '누구와 같이 있느냐에 따라 사람이 이렇게도 달라질 수 있다니.' 선준은 리안 곁에 서 있는 윤희를 새삼스런 눈길로 바라보았다. 리안도 윤희 말에 마음이 놓이는지 지그시 고개를 끄덕였다. 세 사람은 의미심장한 눈길을 주고받았다.

윤희 세계의 유니 4

유니는 마지못해 이향 고깃집으로 출근하고 있었다. 겨울 방학이라 학교에 가지 않아도 되는 게 다행이라면 다행이었다. 윤희의 친구들이 유니가 다른 사람이라는 걸 알아채면 너무 골치가 아파질 터였다.

출근길에 올려다본 하늘은 맑고 투명했다. 오존 홀 같은 건 걱정 안 해도 되는 하늘이었다. 며칠간 낯선 환경 탓에 잠 못 이루고 창문 밖으로 올려다보던 밤하늘 별도 유니의 세계에서는 쉽게 볼 수 없던 광경이었다.

"여기는 아직 그래도 아주 많이 망가지진 않았구나. 사람들도 별걱정 안 하고……. 그래도 지금부터 대비하는 게 좋을 텐데. 우리처럼 안 되려면."

그때 누군가 유니의 뒷덜미를 낚아채더니 순식간에

팔을 잡아 뒤로 꺾었다. 한순간에 제압당한 유니 뒤로 아는 목소리가 들려왔다.

“뭘 그렇게 중얼거리며 가시나? 윤희도 아니면서 윤희인 척 일하러 가려고? 착실하네. 알바비가 필요해서 이 낯선 세계까지 왕림한 건 아닐 거고. 네 목적이 뭐야? 정체는 뭐고? 우리 윤희는 어떻게 한 거야?”

시환의 악력이 심해지자 유니가 소리쳤다.

“이거 놔!”

“가만히 있는 게 좋을 거야. 예쁜 손 보존하고 싶으면.”

유니 손목에 뭔가 섬뜩한 것이 닿았다. 유니는 심장이 차갑게 얼어붙는 느낌이었다. 예감이 좋지 않았다. 원래 세계에서라면 이런 남자애쯤 물리적으로 얼마든지 맞설 수 있었다. 여성들도 원하면 남성과 대등한 육체적 힘을 가질 수 있었다. 몸 자체를 강하게 만들 수도 있고 신체 강화복 한 벌만 있어도 가능했다. 물리력이 대등해지자 실제로 많은 문제가 해결됐다. 무엇보다 한 성이 다른 성을 육체적으로 지배하거나 속박할 수 없었다. 물리력에서 상대적으로 약자였던 사람들이 더 이상 약자가 아니게 되자, 약자에게 행사하던 일부 사람들의 폭력도 순식간에 멈추었다. 그렇게 간단하고 쉬운 거였다. 하지만 그러기까지 인류는 그 긴 시간을 끌어왔던 거다. 아무것도 아닌 그 차이로, 누군가는 계속해서 폭력을 겪고 누군가는 목숨을 잃어야 했다. 무려 수천 년 넘게.

그 문제를 유니의 세계에서는 인체 사이보그화나 육체 강화로 단번에 해결한 셈인데, 윤희의 세계는 그 문제가 하나도 해결되어 있지 않았다. 사람들 생각도 여전히 그 수준이었다.

“도와주세요!”

유니가 소리치자 시환이 한 손으로 유니의 어깨를 힘주어 잡았다.

“아하하! 제 여친이에요. 사랑싸움! 네, 사랑싸움 아시죠? 요새 좀 소홀했다고 이렇게 투정을 부리네, 하하.”

길을 가던 몇 사람이 유니의 목소리에 돌아보았지만, 시환의 말에 그냥 고개를 끄덕이며 지나갔다. 유니가 거칠게 도리질을 쳤지만 신경 쓰고 보는 사람은 없었다. 시환이 유니에게만 들리도록 나직이 속삭였다.

“한 번만 더 입 밖으로 소리 냈다간 나도 내가 무슨 짓을 할지 몰라. 그러니까 입 다물고 얌전히 걸어.”

시환이 정말 무슨 짓이라도 할 것 같아서 유니는 저도 모르게 등에서 식은땀이 났다. 이대로 시환을 따라가는 건 위험했다.

그때 외투 주머니에서 이상한 파동이 느껴졌다. 윤희가 쓰던 전화기에서 전달되어 오는 것이었는데, 전화가 올 때의 진동과는 달랐다. 유니는 예사롭지 않다는 직감을 느꼈다. 어떻게든 시환을 진정시켜 따돌리고 전화기를 확인해 봐야 할 것 같았다.

"자, 잠깐만. 내가 다 얘기할게. 윤희가 어디 있는지도……."

시환이 유니를 힐끗 돌아봤다. 그때 맞은편에서 한 손에 플라스틱 컵을 든 여자 둘이 깔깔거리며 걸어오는 게 보였다. 유니는 그 여자들이 다가오는 방향으로 슬그머니 다가갔다.

"정말이야. 그러니까 잠깐만 기다려 줘. 윤희가 어디 있냐면……. 이 팔부터 좀 놓고!"

유니는 그 말을 하며 제 몸으로 두 여자가 든 플라스틱 컵을 세게 쳤다. 컵들이 위로 솟구쳤다 바닥으로 내동댕이쳐지며 여자들과 유니의 옷 위로 커피가 쏟아졌다.

"으앗! 으츠츠, 이게 뭐야?"

"얘, 앞을 잘 보고 다녀야지! 이거 어떡할 거야! 옷에 커피가 다 묻었잖아."

유니는 얼른 고개를 조아리며 연신 사과를 했다.

"죄, 죄송해요. 제가 그만 딴생각을 하느라 앞을 잘 못 봤어요. 정말 죄송해요."

시환도 예상치 않은 일에 당황해 유니에게서 얼른 떨어져 섰다.

여자들은 옅은 색 옷을 입고 있어 커피 자국이 더 선명했다. 유니가 입은 흰 외투 역시 온통 얼룩투성이였다.

여자들은 난감한 얼굴이었다. 갑작스러운 봉변에 한 사람은 아예 얼굴이 붉으락푸르락했다.

"이거 어떡할 거냐고!"

유니는 허둥지둥 계속 사과하는 척하며 두 여자에게 도와달라고 입 모양으로 위험 신호를 보냈다.

"저, 화, 화장실에라도 가서 빨아 드릴게요."

화를 내던 여자가 이상한 낌새를 눈치채고 시환 쪽을 살피며 대꾸했다.

"이걸 빤다고? 이게 물로 빨 수나 있는 옷인 줄 알

아? 정말 기가 막혀서 말이 안 나오네."

시환은 저까지 곤란해질까 봐 슬금슬금 더 떨어지더니 멀찍이서 지켜보고 있었다. 유니는 순간 윤희네 집이 세탁소인 게 퍼뜩 생각났다.

"아! 저희 집이 세탁소를 해요. 제가 부모님께 부탁해서 완전 깨끗하게 해 드릴게요. 정말이에요."

그러면서 한 번 더 소리를 낮춰 다급하게 말했다.

"제발 도와주세요."

여자들이 사태를 이해한 듯 눈짓을 주고받았다.

"정말이야? 진짜 너희 집이 세탁소야?"

"네, 정말이에요. 여기서 별로 멀지도 않아요. 제발 제 말을 믿어 주세요."

여자들은 하는 수 없다는 듯 체념한 표정을 지으며 유니 의도대로 따라 주었다.

"그래, 좋아. 어디 가 보자."

유니는 속으로 쾌재를 불렀다. 이제 시간을 벌었고, 시환에게서도 잠깐 동안은 거리를 확보할 수 있게 되었다. 성인 둘을 데리고 집으로 가는 동안은 세상없이 막무가내인 시환이라도 어쩌지 못할 테니까. 예상대로 시환은 뒤에서 욕지거리를 내뱉으며 따라왔다.

"이쪽으로, 조금만 가면 돼요."

유니는 여자들을 데리고 집 쪽으로 걷다가 외투에 묻은 커피 얼룩을 닦는 척하며 주머니에 든 윤희의 전화기를 슬쩍 꺼내 보았다. 아까 느꼈던 예사롭지 않던 파동의 정체가 궁금해서였다.

유니와 윤희

전화기를 손에 쥐자 파동이 다시 느껴졌다. 이건 분명 평범하지 않은 신호였다. 유니는 조심스럽게 화면에 뜬 아이콘을 눌렀다. 머릿속에서 누군가의 목소리가 들렸다. 마치 텔레파시를 받는 것 같았다.

"유니야, 이유니!"

유니는 얼떨결에 소리 내어 대답했다.

"응?"

옆에서 걷던 여자들이 무슨 소린가 하고 돌아봤다가 유니가 얼른 고개를 젓자 대수롭지 않게 여기고 다시 걸음을 재촉했다.

"아아, 정말 연결되는구나! 세상의 모든 신이시여, 감사합니다! 유니야, 내 말 잘 들리니? 난 이윤희야. 윤희.

누군지 알겠지?”

‘이게 어떻게 된 일일까?’ 유니는 너무 놀라 계단을 헛디딜 뻔했다.

“헉! 휴우, 아, 알지.”

유니는 여자들이 이상하게 여기지 않도록 몇 걸음 앞서 걸으며 일부러 발소리를 크게 냈다.

“저기 계단 끝에 있는 저 집이에요. 보이시죠? 얼른 오세요.”

여자들은 끝도 없는 계단에 한숨을 몰아쉬며 유니를 뒤따라왔다. 시환은 저만치 뒤에서 눈을 부라리며 따라오고 있었다. 유니는 마음을 가다듬고 머릿속에서 울리는 파동에 집중하며 대꾸했다.

“어서 말해 봐. 이게 어떻게 된 거야?”

“우리가 평행 세계의 닮은꼴이라는 건 짐작하고 있었지? 너와 나 사이에선 파동 교신이 가능하지 않을까 해서 핸드폰으로 송신을 시도해 본 거야. 리안 님과 선준이 말이 맞았어. 정말 되는구나!”

리안! 선준! 그 이름들을 듣자 유니는 눈시울이 뜨끈해졌다. 너무도 그리운 사람들이었다.

"이렇게 얘기 나누게 되어서 정말 기뻐. 유니야, 나 너의 세계에서 새로운 것들을 많이 보고 배웠어. 그리고 다르게 사는 방식이 있다는 걸 알았어. 이제 나도 예전처럼 살지 않을 거야. 조금 이따 그 세계로 돌아가려고 해. 잘될지 100퍼센트 확신은 없어. 그래도 시도해 보려고 해. 내가 가면 유니 너도 원래 세계로 돌아올 수 있을 거야."

원래 세계로 돌아갈 수 있다니……. 유니는 너무 기뻐서 눈물이 나려고 했다.

"그런데 시환이가 있는 곳으로는 절대 다시 가고 싶지 않아. 그래서 여기서 한 사람이 더 갈 거야. 잠시만."

'이건 또 무슨 소리일까.' 그때 윤희 목소리가 파동전파로 다시 들렸다.

"전달. 이건 선준이가 전해 달라고 부탁한 말이야. '유니야, 내가 윤희와 그 세계로 넘어갈게.' "

"뭐? 네가 여길 왜 와?"

유니는 저도 모르게 큰 소리를 낼 뻔했다. 선준이 대체 무슨 생각으로 그런 소리를 하는 건지 알 수가 없었다.

" '거기는 우리보다 발달이 늦지만 바로잡을 시간이

아직 남아 있어. 그래서 내가 해 볼 수 있는 일이 많을 것 같아. 연구해 보고 싶은 것도 많고. 물론 웬만큼 하고 나면 우리 세계로 다시 돌아올 거야. 내가 거기로 가면 진시환은 어쩔 수 없이 이 세계로 넘어오겠지. 네가 알아서 혼내 줘. 죽이지만 않으면 돼. 너 거기 계속 있는 거 위험하다고 대장님이 무지 재촉하고 있어. 이제 바로 시도할 거야. 나중에, 나중에 보자!'"

말을 전하는 윤희 목소리에 생기가 느껴졌다. 윤희는 예전과 다른 삶을 살 수 있다는 희망에 부푼 것 같았다. 짧은 시간 동안이나마 자신을 가혹하게 대하던 사람에게서 벗어난 것만으로도 이렇게 달라질 수도 있다니, 유니는 놀랍고도 기뻤다.

'맙소사! 어떻게 순식간에 일이 이렇게 진행될 수 있지?'

유니가 정신 차릴 새도 없이 윤희 목소리가 다시 들렸다.

"유니야, 시환이를 네가 꼭 데려와야 해. 꽉 붙잡고 놓치지 마. 알겠지? 할 수 있겠어?"

상황이 급박한 만큼 오래 생각할 겨를이 없었다.

"물론이지. 할 수 있어."

그 사이 일행이 세탁소에 다다랐다. 유니는 여자들을 데리고 세탁소 안으로 들어갔다. 윤희 부모님이 어리둥절해하며 일행을 맞았다. 유니는 윤희 부모에게 사정을 설명하고 여자들을 부탁한 뒤 안채로 들어갔다. 방에 있던 윤미가 놀란 눈으로 바라보았다.

"무슨 일이야? 알바 간다더니. 옷 꼴은 왜 그래? 누구랑 같이 왔어?"

"윤미야, 내 말 잘 들어."

유니는 차근차근 윤희의 말을 전했다.

"언니가 돌아온다고? 유니 언니는 가고?"

유니가 고개를 끄덕였다.

"진시환도 데리고 갈 거야. 물론 성공한다면 말이야. 만약 뜻대로 된다면 나랑 윤희가 바뀌었듯 그 남자애 몸을 다른 사람이 쓰게 될 텐데, 걘 내 친구야. 아주 좋은 친구. 잘해 주겠다고 약속할 수 있지?"

이번에는 윤미가 고개를 끄덕였다. 안심이 된 유니가 빙그레 웃고는 윤미에게 악수를 건넸다. 윤미가 가볍게 그 손을 잡으며 걱정스러운 얼굴로 말했다.

"만약 잘 안되면……."

"잘 안되어서 내가 이대로 여기에 남는다고 해도, 잘 살아 나가 봐야겠지. 만약 진시환이 못 가고 윤희만 돌아온다면, 네가 도와줘. 윤희도 결코 전 같지는 않을 거야."

윤미가 다시 고개를 끄덕였다. 두 사람은 가볍게 포옹했다.

"이제 갈게. 잠깐이었지만 귀여운 동생이 생겨서 좋았어."

"나도, 멋진 언니가 좋았어. 잘 가."

유니는 활짝 웃어 주고는 집 밖으로 나왔다. 골목 끝 담벼락에 시환이 삐딱하게 기대어 서 있는 게 보였다. 유니는 부러 발소리를 크게 내며 다가갔다. 유니의 기척이 들리자 시환이 실실 웃으며 다가왔다.

유니는 마지막으로, 짧은 시간 동안이었지만 강한 인상을 남긴 낯선 세계를 한번 휙 돌아보았다. 폭력적인 남자들이 여태 남아 있고, 어쩌자고 도축한 고기를 엄청나게 먹어 대는 문제 많은 세계지만, 유니에게는 어쩔 수 없이 각별한 기억으로 남을 것이다. 이제 한동안 선준이 머물 곳이므로 더더욱.

"나 준비됐어!"

유니는 윤희에게 파동 송신을 보냈다. 윤희가 곧 받아서 답을 했다.

"그래, 나도 준비됐어. 성공할지는 알 수 없어. 하지만 믿어 볼래. 유니 너랑 나의 특별한 힘과 이어진 이끈을. 그리고 선준이의 용기와 리안 님의 응원을. 이제 갈까?"

"좋아. 셋에 와 줘!"

"알았어. 하나!"

시환이 유니 앞에 바싹 다가서는가 싶더니 한 대 칠 기세로 손을 들어 올렸다.

"둘!"

유니는 재빨리 그 팔을 움켜잡았다. 시환이 엉뚱한 데로 떨어지지 않도록…….

'이제 돌아가 볼까? 아니, 돌아갈 수 있을까?'

유니는 속으로 마지막 숫자를 셌다. "셋!" 동시에 힘껏 외치는 윤희의 목소리가 들렸다.

윤희와 선준이 탄주시 폐광 수직갱 안으로 미끄러져

들어가고, 얼마 후 유니는 시환을 꽉 붙잡은 채 같은 곳에서 구조되었다. 자신의 임무 복장인 신체 강화복 차림으로……. 유니가 윤희의 세계에서 윤희의 몸으로 윤희의 옷을 입고 지낸 것처럼 윤희 역시 유니의 세계에서 유니의 복장으로 지냈던 거다. 이제 두 사람은 원래 제 자신으로, 본래의 자기 자리로 돌아왔다.

유니는 제 모습을 잠시 굽어보았다. 그리고 신체 강화 기능을 회복한 아마조네스 유니가 맨 먼저 한 일은, 영문을 모른 채 얼이 빠져 있는 시환을 집어 들어 폐광 입구의 눈발 섞인 석탄 부스러기 더미 속에 메다꽂은 일이었다. 약자에게 폭력을 쓴 자는 응분의 대가를 치러야 하는 게 유니가 사는 세계의 일반 규범이었다. 가이아의 딸들 행동대원들에게는 약자를 대신해 싸워 줄 의무가 있었다.

무사히 돌아온 유니를 보고 리안이 눈물이 그렁그렁한 채 유니에게 다가왔다. 리안은 오존 홀 사고로 세상을 뜬 선배, 유니 엄마를 대신해 유니를 잘 돌보겠다고, 선배는 물론 자신과도 약속했다. 그 약속을 지키지 못하게 될까 봐 두려웠다. 이제는 그 두려움을 떨칠 수 있었다.

유니는 리안을 보자 저쪽 세계에서 요란한 화장과 옷차림을 한 채 시환을 두둔하며 잔소리에 헛소리까지 늘어놓던 이향이 생각나 씩 웃었다. 에코 플래닛의 리더이자 가이아의 딸들 대장으로서 중대한 역할을 하며 반환경적인 불법 행위자들과 밤낮없이 맞서 싸우고 있는 리안. 그런 리안이 다른 세계에서는 고기를 산더미처럼 쌓아 놓고 종일 굽고 삶고 끓여 파느라 극성스레 씨름하는 고깃집 주인이라니. 알량한 알바비를 깎으려 들고 문제 많은 자기 조카를 편들기나 하던……. 하긴 선준과 시환은 또 얼마나 다른가. 윤희 역시 유니와 또 얼마나 다른 모습이었나. 이제는 바뀌어 가겠지만……. 그런 걸 보면 다른 두 세계가 정말 다르기만 한 건 아닐지도 모른다.

리안은 유니가 무슨 생각을 하고 또 왜 웃는지도 몰랐지만 그저 다가가 유니를 꽉 끌어안았다. 리안 옆에 서 있던 카이가 가까이 와 둥근 꾸러미 하나를 유니에게 내밀었다.

"이거, 선준이 형이 부탁했어."

"나한테 주라고? 뭔데?"

풀어 보니 선준이 사무실 제 자리에 놓고 애지중지하

던 에코스피어 모형이었다.

“자기 돌아올 때까지 누나가 맡아 달래. 그 안에 있는 생물들 잘 살아 있게.”

유니에게 숙제가 하나 생긴 거였다.

“어휴, 이건 왜 안 갖고 갔대? 나 일 시키려고 맡겼나 보네. 카이 너더러 맡아 달란 걸 나한테 슬쩍 떠민 거 아냐?”

“절대! 천만에! 결코 그건 아니거든!”

리안이 웃으며 선준 모습을 한 채 널브러져 있는 시환을 들쳐 업어 밴에 태웠다.

“에코스피어는 저절로 두면 잘 살아가는 세계야. 그건 선준이가 꼭 돌아오겠다는, 그때까지 잘 살고 있자는 약속의 증표일 거야.”

리안 말을 들으니 그 얘기가 맞는 것 같았다. 유니는 리안이 선준을 정확하게 보았다고 생각했다.

‘그래, 약속하자.’

유니도 마음속으로 답을 했다.

에필로그

유니는 오늘 대원들을 이끌고 가이아의 딸들 행동대 부대장으로서 처음으로 현장 출동을 다녀왔다. 이번 불법 도축 밀거래 매매범들은 거의 마지막 잔당일 가능성이 컸다. 밀거래단은 자신들의 사업을 어떻게든 유지해 보려고 불법 도축 고기에 중독성 있는 약물 처리까지 해 팔다가 적발되었다. 그 사건을 계기로 끈질기던 도축 문제 해결이 오히려 쉬워졌다. 대중의 경각심이 확연하게 높아지고, 육식의 완전한 근절만이 해답이라는 공감대가 뚜렷하게 형성됐기 때문이다.

"수고했어."

리안은 유니의 어깨를 두드려 주며 짧게 인사했다. 유니는 절도 있게 인사하고 회의실을 나왔다. 그대로 사무실을 나가 집으로 가려다 선준이 쓰던 자리를 잠시 우두커니 바라보았다. 어느새 10년이 지났다. 선준은 그쪽 세계에서 물 만난 물고기처럼 활발하게 살고 있었다.

"윤희한테서 무슨 기별 있어? 선준이는? 돌아오겠다는 말은 없고?"

회의실에서 뒤따라 나온 리안이 물었다.

"선준이는 그 세계가 마음에 드나 봐요. 지구가 더 망가지지 않도록 아직 할 수 있는 일이 많고, 그걸 자기가 도울 수 있어서요. 여기처럼 안 되게 방향을 바꾼다고 열심히 뛰어다니며 일하느라 정신없이 지내고 있는 것 같아요."

리안이 오늘은 일찌감치 퇴근하자며 유니를 뒤따라 나왔다. 두 사람은 나란히 걸으며 얘기를 주고받았다.

"윤희도 잘 있고?"

"너무 잘 지내서 윤미가 깜짝깜짝 놀랄 정도래요. 밝고 씩씩해져서 또 다른 세계에서 온 거 아니냐고 놀리기까지 하나 봐요."

"후후, 잘됐네."

리안이 흐뭇한 얼굴로 웃고는 장난기를 섞어 물었다.

"알바비 깎던 그 고깃집 사장은 어쩌고 있대?"

유니도 피식 따라 웃었다.

"선준이를 시환이인 줄 알고 거 보라며, 원래는 저렇게 착하고 좋은 애라고 엄청 예뻐하나 봐요. 윤희더러 복을 차 버렸다는 둥 네가 걔 맘을 몰라줘서 그랬다는 둥 헛소리는 여전하고요."

"하하하! 나도 그 세계로 좀 갔다 와야 하나. 우리 이향 사장, 이대로는 안 되겠네."

유니가 큭큭 웃고는 물었다.

"시환이는 어때요?"

시환은 리안의 특별 관리하에 낮 동안 일하고 밤에는 강도 높은 교육을 받으며 새로운 사람으로 거듭나도록 모처에서 훈련받고 있었다.

"아직 멀었어. 뼛속까지 습성이 배어 있어서 쉽지가 않네."

"이러다 100년은 걸리겠어요. 맙소사."

유니는 제가 말하고도 스스로 놀랐다. 노인이 되어서도 계속 교육받고 있을 시환을 생각하자 어이가 없어 실소가 터져 나왔다.

“카이가 영리하고 눈치가 빨라 그나마 다행이야. 잘 감당하고 대처하더라고.”

카이는 시타 별 생각을 거의 완전히 잊고 이 세계 사람으로 눌러살고 있었다. 리안을 따르며 리안이 맡긴 역할을 충실하게 해냈다. 주로 골칫덩이인 시환을 담당하는 일이었다. 계속 지켜보고 적절한 방안을 세워 대처하는 게 주된 업무였다.

고양이 두 마리가 길가 양지에 앉아 햇볕을 쬐고 있다가 두 사람 발소리에 놀라 재빨리 몸을 숨겼다. 유니는 고양이들 모습이 어쩐지 눈에 익었다. 10년 전, 오존 홀 특별 주의보가 났던 날 대피소로 급히 피신하며 데리고 들어갔던 길고양이와 닮은 모습이었다.

“그 고양이가 너희 엄마구나? 이젠 그렇게 안 피해도 되니까 안심하고 나와 놀아.”

오존 홀 주의보는 이제 영구 해제되었다. 100년에 걸쳐 시행하려던 에코스피어 정책은 20~30년 앞당겨 목적을 달성하고 종료될 예정이었다. 이만하면 나쁘지 않은 성과였다. 애초에 이 정책을 시행할 일이 없었으면 더 좋았겠지만…….

유니는 하늘을 잠시 올려다보았다. 파랗게 갠 오후 하늘이 눈부셨다. 요즘 들어 자주 볼 수 있는 하늘빛이었다. 오존 홀 걱정을 하지 않고 햇빛 환한 하늘 아래 서 있을 수 있다니……. 믿기지 않으면서도 눈물 나도록 고마웠다.

거리 건물 외벽에서 지난번 발견한 지구형 행성과 교신이 이뤄지기 시작했다는 뉴스 영상이 흘러나왔다. 그쪽에서도 이쪽 지구를 발견했는지, 여기서 쏘아 보낸 전파 송신에 응답하는 수신 신호를 보내오고 있다는 거였다. 기자는 이것이 의미하는 바를 열심히 설명하며, 또 다른 쌍둥이 지구로 짐작되는 행성 하나가 더 발견되었다는 소식을 전했다. 유니와 리안은 눈길을 마주치며 빙긋 웃었다. 도처에 세계가 있는 것이다. 도처에 우주가 있는 것이다. 수많은 지구, 수많은 우주가…….

하늘 저편에 또 다른 지구가 있다면

- 작가의 말

이 책은 지구 환경을 망쳐 버렸다가 혹독한 대가를 치른 뒤 뒤늦게나마 되살리려 애를 쓰는 미래 시대가 배경이다.

왜 그런 일이 일어났을까. 어디에서부터 잘못됐던 걸까. 만약 아직 기회가 있다면 무엇을 해야 할까. 그리고 그런 노력들로 조금이라도 나아진 면이 있다면 그건 어떤 모습일까. 또 어떻게 해야 회복한 미래를 지속할 수 있을까. 그런 고민과 가정을 해 보며 이 이야기를 쓰게 되었다.

평행 우주와 다중 우주 이론을 접하고 흥미를 느꼈던 건, 그런 고민들을 구체적인 세계상으로 그려 보고 서로를 의식하며 자신들을 비춰 볼 수 있겠다는 생각이 들어서였다. 이곳과 다른 세계, 지금의 우리와 다른 세계의 닮은 우리를 상상해 보는 일은 꽤 흥미롭고도 유의미했다.

많은 상상의 가능성과 다중 우주의 문이 열려 있었지만 나는 그 가운데서도 기후 변화로 인한 생태 위기를 기준점으로 잡고 두 세계만을 집중해서 그려 보았다. 한 세계는 에코스피어라는 이름으로 전 지구적 복원 정책을 펼쳐 위기를 풀어 가는 곳이고, 다른 한 세계는 아직 그런 위기를 맞지는 않았지만 차별과 폭력이라는 또 다른 문제점을 많이 안고 있는 곳이다. 두 세계의 인물들은 주인공인 유니와 윤희가 우연찮게 서로 바뀌어 버린 사건을 계기로 상대의 세계를 인식하게 되고 당면한 자신들의 문제를 해결하기 위해 고군분투한다.

과거가 다 좋았다고는 할 수 없는 것처럼, 미래라고 나쁜 모습만 있는 건 아닐 것이다. 어떤 세계, 어떤 시대도 각각의 문제가 있다. 우리는 다만 우리 자신이 겪고 있는 우리 세계의 지금 문제들을 최선을 다해 풀어 갈 뿐이다.

그것을 좀 더 잘 알고 잘 헤쳐가기 위해 과거를 돌아보고 미래를 그려 보며 해결할 길들을 찾아가는 거다.

이 지구가 아닌 다른 지구가 또 있고, 사람들이 서로 오가며 각자 세계의 장점들을 서로 주고받고 문제를 적절하게 잘 해결할 수 있다면 얼마나 좋을까. 평행 우주나 다중 우주, 다세계 이론에 따르면 이 광활한 우주에는 우리가 모를 뿐 수많은 지구가 존재하고 우리와 매우 닮은 존재가 수없이 있을 거라고 하니 말이다.

그런 생각을 하면 현실에서의 아쉬운 점들이 조금은 위안이 되기도 한다. 이 세계의 나는 아니지만 다른 세계의 어떤 '나'는 더 멋진 모습으로 어려움 없이 잘 살고 있을 거라고 상상해 볼 수 있으니까. 또 지금 지구의 문제점들을 거의 해결했거나 아예 없는 다른 '지구'도 마음껏 그려 볼 수 있으니까.

하지만 안타깝게도 지금 우리의 과학기술 수준으로는 그런 지구를 발견할 가능성이 희박해 보인다. 우리가 알 수 있는 범위 안에서는 우리는 오로지 우리뿐이다. 이 지구가 유일한 지구다. 잘못되면 끝이다. 망가지면 그걸로 마지막이다. 이 지구가 버틸 수 있는 남은 시간은 다른 어느 곳에서도 빌려올 수 없는, 여기만의 시간인 것이다. 평행 우주, 다중 우주, 다세계라는 가정은, 아쉽지만 지금으로서는 과거와 현재, 미래로 나아가는 우리의 모습을 되비춰 줄 뿐이다.

그럼에도 최선을 다해 우리는 그 미래를 괜찮은 세계로 그려 보고 더 나은 '평행 지구'로 상상하며 만들어 가야 하지 않을까. 그렇게 할 수 있을 거라고 믿고 싶다.

'에코스피어'를 처음 알게 해 준 박상준 서울SF아카이브 대표님과 어설픈 얼개로만 있던 짧은 원고를 장편으로 써 보도록 적극 권하고 격려해 준 한국과학창의재단 과학스토리텔러과정 멘토 정보라 작가님께 특별히 감사드린다.

의미 있는 작업을 제안해 주시고 『에코스피어』를 어엿한 책으로 펴내느라 수고해 주신 씨드북 출판사와 김주연 · 전예슬 편집자님께도 감사드린다.

씨앗들이 연두로 자라는 계절에

임어진

에코스피어

초판 인쇄 2024년 4월 18일 **초판 발행** 2024년 4월 18일

지은이 임어진

펴낸이 남영하 **편집** 전예슬 김주연 김가원 **디자인** 박규리 **마케팅** 김영호 변수현

펴낸곳 ㈜씨드북 **주소** 03149 서울시 종로구 인사동7길 33 남도빌딩 3F **전화** 02) 739-1666 **팩스** 0303) 0947-4884

홈페이지 www.seedbook.co.kr **전자우편** seedbook009@naver.com **인스타그램** instagram.com/seedbook_publisher

ISBN 979-11-6051-605-0(43810)